U0938077

所有的放不下，其实都是因为不甘心

I dare to
live the way
I want to

捏张的娃娃

WORKS BY
NIEZHANGDEWAWA 著

WUHAN UNIVERSITY PRESS
武汉大学出版社

图书在版编目(CIP)数据

所有放不下，其实都是因为不甘心 / 捏张的娃娃著 .—武汉：武汉大学出版社，2017.5

ISBN 978-7-307-19219-5

Ⅰ.所… Ⅱ.捏… Ⅲ.散文集－中国－当代 Ⅳ.I267

中国版本图书馆 CIP 数据核字（2017）第 082403 号

责任编辑：黄朝昉 陈小媛　　责任校对：王婷芳　　版式设计：郑 汐

出版发行：**武汉大学出版社**　（430072 武昌 珞珈山）

（电子邮件：cbs22@whu.edu.cn　　网址：www.wdp.com.cn）

印刷：三河市京兰印务有限公司

开本：880×1230 1/32 开　　印张：8.5　　字数：110 千字

版次：2017 年 5 月第 1 版　　2017 年 5 月第 1 次印刷

ISBN 978-7-307-19219-5　　定价：38.00 元

兵荒马乱的青春里，都是离散后的不知所措

（代序）

我讲过一些故事，他们说，你的故事里都是悲剧，都是离别，生命里该多一些美好。我不知道怎么解释，大概我还没有对那段过往彻底地说再见，所以我偏爱悲剧。我的故事里多的是孤独的战士，他们在别过爱人之后，勇敢地、孤独地在这世上重新开始生活，活得越来越好，我在他

们越来越好的人生里看见的都是越来越深的寂寞，感受着他们挣扎时的辛苦，品尝他们一个人在街头的落寞，兵荒马乱的青春里，都是离散后的不知所措。

也许是因为经历过刻骨铭心的分别，所以对失爱的人总是多一份理解。字句间的无奈和再见太多，就变得感性，失恋的人都是感性的。不是有句话说吗，热恋时是段子手，失恋后是矫情狗。我在失去一份感情后开始写故事写心情，很多人看着我一步步走出来，他们问我，我该怎么才能让人生不失恋，我该怎么挽回我的失败？

我不怎么劝那些想追旧爱的姑娘，不劝那些陷在两难中间的小伙，感情浸泡的日子里，有谁能听别人的劝，又有谁潇洒地因为三言两语就一拍两散？这世上最艰辛的路，都是自己独立走过的。其实艰辛的不是路途本身，而是你无从寻求帮助，好像茫茫深夜，漆黑一片，你看不见前路，也无法后退，无法从百度寻找攻略，无法在书本查找答案，你满身的力气想战胜困难，却无从下手。感情就是这样毫无道理可言，伟大的牛顿和爱因斯坦寻找出的定律没有一个是能解惑感情的，你背过的那么多书里没有哪一页能找到答案。失恋的人大多是无头苍蝇，看见谁都像是救命稻草，想抓住想挣扎，想让别人拉自己一把，可是谁都拉不了你，没有什么经验也没有什么分享能让你走出来。又不是数学题，只要步骤对了就能有准确答案，又不是考托福雅思，只要背得多念得多听得多就能得高分。他们总问我该怎么办，我自己还在挣扎，我能知道怎么办呢？

·04·

我有很多的朋友，他们在我失意的时候劝过我也骂过我，软硬兼施也无法让我振作。后来我明白了，感情这种事从来都是冒险，陷进去的时候是两个人，分开的时候是一个人，没有第三个人能给予帮助，既然无法携手前行，那只能独自闯荡，路途上有让你一夜长大的千辛万苦，让你受伤让你成长，谁都无法全身而退。

这条路太过孤独也太过辛苦，我知道路途遥远又艰辛，可是你要加油啊。所有的朋友都束手无策，只有时间能帮你，因为时间无情又冷漠，它不会因为谁而停滞不前，也不会加快速度，你总有一天会在这场战争里成为赢家。

我以前是不知道的，原来这个世界上每天都有成千上万的人与爱人分开，那些痛彻心扉的分别其实并没有什么特别，大抵都有过怦然心动的那一刻，有过一起携手走过的一段美丽时光，有过争吵，有过冷战，后来成不了故事，就成了事故。分开的时候，我们以为这个世界上只有我们爱得最浓，一段爱情离去，好像天都要塌了，我们沉浸在自己痛失爱人的悲伤里无法自拔，我们以为全世界都无法理解自己的悲痛，我们以为我们有过的是全世界独一无二的感情，我们以为我们的分别是如同梁山伯与祝英台、罗密欧与朱丽叶那般惊天动地，可真的是这样吗？

太多的故事都来不及铭记，太多的感情都狂乱地离散，太多的人都匆忙地退场，我们在这世上太过渺小，错就错在总把爱情想得太过轰轰烈烈。后来一个人吹冷风喝烈酒，想想自己执着的

· 06 ·

那些年，想想自己死都不放手的那个人，只能轻笑，爱情算什么，为什么活来死去？不是谁看清了爱情，只是我们爱过一场后都变成了胆小鬼，却又该死地因为害怕而不得不伪装高傲，就把得不到假装成不想要，其实我们只是胆小鬼。

在你不想留后路的时候就不用留后路，在你想拼命追的时候就加足马力，在你想挽回的时候就抓紧了不要放手，想哭的时候去大声哭，妆花了也没关系，想大笑的时候就用力笑，多几条皱纹都是小事。你没有经历过老去，你肯定不会知道，你这一生并没有多少日子能让你那样充满力气拥有勇气怀抱激情，并没有多少事可以让你奋不顾身勇往直前背弃世界，也并没有多少人让你不计利弊不分对错结伴天涯。不管是哭是笑，感情不分对错，这样风风火火的时光，在你的人生里并没有多久。所以青春里不管你是堕落过的、阴霾过的、难过的、伤心的、愚蠢的、卑微的，还是阳光的、勇敢的，都是美好的。毕竟，有可能，很长久的人生里，你没有那么多的勇气和力量再把人生搅得天翻地覆了。

后来你大概也见过她，那个女生，她画着浓妆叼着香烟吞云吐雾，眼神涣散不知疲倦地对酒当歌，你对她说起爱情来，她轻笑，爱情是个什么东西，能吃能喝能卖钱吗？她对于所有的爱恨情仇都不屑一顾，她说，她才不期待什么爱情，说多了都是矫情。

别怪她冷漠，别怪她高傲，她只是得不到，所以假装不想要。

目录 \ contents

01/ 兵荒马乱的青春里，都是离散后的不知所措（代序）

001/ 我不能再给你拥抱，你就别再哭花了妆

021/ 失恋的人，好像一条狗啊

044/ 你死了也好，从此生死两茫茫

064/ 爱让你无畏无惧，也让你无路可退

086/ 爱情迷信说

100/ 有些爱情比生活还艰难

104/ 别再给我安稳或是自由，余生我有我的烈酒

129/ 你曾说命途多舛几多坎坷，如今是否能在远方高歌？

153/ 往前是青春，后面是余生

183/ 谁不曾爱过一个远行的少年

198/ 失恋病情对照表

208/ 好姑娘何止光芒万丈，电灯泡堪比明日朝阳

215/ 你可千万别怪谁

218/ 你错就错在太把一生一世当回事儿了

228/ 没有什么遗忘，只是不再想起

235/ 那些年用力过猛的爱情

241/ 有情的人，情人节每天都过

246/ 狗日的生活，老子要卷土重来了

252/ 你不用急着变更好，也不用逼自己健身和慢跑（代后记）

我不能再给你拥抱，你就别再哭花了妆

春节将至，公司里到处都在准备年会上的节目排练，闹哄哄的一片，小黑在一阵阵吵闹声中又发着呆，手机屏幕灭了，又点亮，就这样重复了一个多小时，上面显示的是阿妙的信息，第一条是2015年12月26日发的：小黑，我又看了一遍《大话西游》，好像看懂了一些。第二条是三天前发的：1月29号晚上十点，我出差路过北京，想见你一面。桌上的台历显示的是1月28号，还有三十个小时。

下午五点半，冬天过去了大半，白天越来越长了，天还没有黑，大家忙忙地准备着下班。对面研究星座的女生说摩羯座最近会被感情所困，依旧闹哄哄的。电脑上显示的游戏的流程到现在都没有动，早上老板因为即将上线的游戏出了纰漏将小黑叫进办公室狠批了一顿。小黑想，应该要好好工作的吧，不然吃了那么多苦，怎么对得起自己？

部门的顶头上司在叫小黑，咱们出去喝一杯吧。小黑点点头，关了电脑，跟在上司后面出门。在街上两个男人一直晃荡，八点多的时候终于找到了一家两人都满意的火锅店，雪花上桌，小黑打开对着瓶喝了大半。上司说，年轻的时候以为自己能为爱情死或者为爱情活，等慢慢把这日子过去了，都不知道爱情为何物，人越活越糊涂。小黑拿出手机，翻到阿妙的短信页面，放到上司的面前，说：我不知道现在的自己还有没有资格糊涂。

上司看了信息说：四年时间，难以割舍，挫骨削肉，可是啊……上司喝了一口酒，突然拍了桌子，说：你是不是傻，你们见了能咋，你算算，你去接吧，打车到机场一百多块，来回近三百，请吃个饭，三百，开个房，五百，二十九号又是年会，万一再给你抽个 6s plus，这都上万了，你就为了一个不确定，再整出个幺蛾子，年都过不好，还白损失了这么多钱。小黑听完，涮着羊肉的手停了，看着火锅里咕嘟嘟地冒出白气，长舒了口气，说，就是，不去了！上司一拍大腿，说哈哈哈，百般深情抵不过 6s plus。小黑跟着笑，笑到两手捂住脸，眼角都笑出了泪花。“我终究还是负了她。”小黑喝得有些醉。

从火锅店出来，街上已经没什么人了，大冬天的北京还怪冷的，小黑拉起后背的帽兜戴上，点了根烟，经过一家店铺的时候，从橱窗里看到自己的影子，佝偻着背，斜挎着包，烟头一亮一亮的。橱窗里放着一个面无表情却五官精致的模特，穿着一件火红的大衣，被白色的灯光照得鲜亮无比。小黑想起两年前在广州，他和阿妙站在橱窗前，阿妙对着一件两千块钱的衣服眼睛亮得像星星，当时他在广州的工资每月也才两千多，带着阿妙过着朝不保夕的日子，可是看阿妙眼睛里亮晶晶的，他下下狠心，想刷信用卡买下来，阿妙死拉硬拽地拉走了他，说我不喜欢，那么贵，一点都不实用。小黑对着橱窗发了半天呆，时间久到走路的时候腿都有些麻，画面过于清晰，竟然还有阿妙在身边的错觉，可是时间已经悄悄过去两年了。突然想起阿妙发来的信息说看了《大话西游》，脑子里就冒出来一句话，你看啊，那个人黑得像条狗。自己突然把自己逗笑了，头埋在围巾里继续走。

风吹得头有些晕，走在路边想招手打车，可是想不到抱着树就吐了起来，小黑想这才喝了几杯，当年和阿妙在一起，同学聚会上他喝着自己的还挡着阿妙的，人称千杯不醉，怎么现在喝一点就倒了。吐完从包里拿出纸巾，以前从来没有带纸巾的习惯，因为阿妙的小包里简直就是一个哆啦 A 梦的小肚子，什么都备齐了。可是啊，分开半年了。

打车回家，想要开车窗抽根烟，开车的师傅说，喝完酒别吹风，容易醉。小黑转脸看着师傅，说，我前女友也这么说过我。师傅憨厚的脸上有些尴尬，说，哎呀小伙子，我又不是你前女友，我这只是老酒鬼给你些许经验啊。小黑弯起嘴角笑了笑，说，我前女友也没师傅这么胖。师傅憨憨地笑起来，圆圆的啤酒肚一颤一颤的，笑完了，师傅说，瘦瘦的女友怎么就成前女友了呢？小黑长叹口气，把帽子拉得更紧了一些，说，是啊，怎么就成前女友了呢？师傅说，我也有个前女友。小黑转头说，漂亮不？师傅不笑了，说，漂亮。FM 里隐约传来王菲的歌：时间是怎么样爬过了我皮肤，只有我自己最清楚。

师傅说，当年的我可比你帅多了，我的女朋友真是漂亮，爱得死去活来啊，恨不得把全世界都给她啊。小黑说，那怎么成前女友了？师傅说，因为我的全世界穷得只剩下自尊啊。小黑听了大笑，和师傅两个人，在开往六环的路上笑得脸都僵了。

忘记是怎么回到家的，阿妙说得的没错，喝完酒不能吹风，容易醉。一觉醒来，已经来不及上班了。上司打电话，上司说，下午六点前来就可以了，出发去开年会，两天时间，带好换洗衣服和充电器就好了。小黑挂了电话，不听使唤地又点进了阿妙的短信页面，看了半天，搓了搓脸，起身去洗脸刷牙。把水开得超级大，喝了酒眼睛有些水肿，看着镜子里的自己，想起昨天上司说的，百般深情抵不过 6s plus，还笑了笑。

想收拾东西去开年会，收拾了半天也不知道该收拾些什么东西。索性只拿了个充电器就出门了。地铁里一对情侣不知道什么原因在旁边小声争吵，女孩说你能不能争点气，你这样以后的日子还怎么过？小黑拿起耳机塞进耳朵，看着小情侣吵架，想起两年前在广州的出租屋里，常年的潮湿让整个屋子发出一股霉味，他对着电脑，阿妙在旁边哭得撕心裂肺的，说，小黑，你这样对我，你让我怎么能安心地跟你？可是那时坐在电脑前的小黑面无表情，撕心裂肺的哭声让他厌烦，转过头看着满脸泪水的阿妙，心想，两千块钱的工资，两个人怎么活得下去，阿妙又会在什么时候离开自己？中间到了不知道哪一站，小黑下车去吸烟室，点了根烟狠狠地吸了一口。记忆里的样子过于清晰，可是无法让时光倒转去那个面无表情的少年面前摇醒他，告诉他阿妙在哭啊，你去抱抱她啊。

小黑连着吸完了三根烟，转身又去搭地铁。哄哄闹闹的一个多小时，脑仁都快炸了，出了地铁站，觉得自己活过来了一些。

天气冷得凛冽，清醒了很多。走了二十多分钟，到了公司。同事见了拍拍肩膀说，听说昨晚和头儿出去喝多啦，小黑应付地点点头。女同事聚在一起讨论年会上穿的新衣服，听说年会要去泡温泉，隔壁工位的小伙子还和几个讨论比基尼花样的女同事开玩笑。到工位上刚坐下，上司过来说，我就怕你今天脑子一抽转身去接人了呢，最终还真是抵不过 6s plus，小黑笑了笑，靠在椅背上，搓了搓脸，问几点出发啊。上司说，六点。小黑看表，嗯，还有半个小时。

伴着男同事的调笑和女同事的嬉闹上了公司租来的大巴车，欢声笑语地去参加年会。女同事的拉杆箱从行李架上倒下来，旁边的男同事打笑着说，就两天时间，还拿这么多东西，是要长途旅游啊！女同事顶着一张文静的脸却用汉子的语气大喇喇地说，老娘就是要美美的，你都不知道老娘为了拉箱子手都冻僵了。小黑想起他和阿妙最初到北京的那天，下着大雪，两个人拉着箱子在大街上走，北京到处都是低着头行色匆匆的人，他们在人群里穿梭，手冻得通红，僵得伸不直指头，看到一家店进去，却没有找到手套，只好买了两双棉袜，套在手上当手套用。公交车上，阿妙举着套着粉色卡通棉袜的手说，小黑你看我的手套好不好看。小黑凑了鼻子过去，说，哇！你的手套真好看，还很香啊。说完两人哈哈笑，旁边的乘客用奇怪的眼神看他们。

过去的事情真不能想，想了就头疼。小黑捏了捏太阳穴，摇摇头，继续听上司在旁边碎碎念。车里放着《红豆》，女同事问周围的人，你们知道石猴最喜欢什么吗？有人说桃子，有人说香蕉，还有人说金箍棒，小黑说，是不是榴莲啊。女同事哈哈大笑，说你懂我你懂我。周围同事一脸迷茫地问为什么啊，女同事起范就开唱，因为有时候（石猴）有时候（石猴），宁愿选择留恋（榴莲）不放手啊，哈哈哈。小黑起身，走到司机跟前说麻烦师傅停下车。上司在后面大喊着小黑你干吗去啊，你干吗去你回来。车门开，小黑下车，一群同事不明所以地打开车窗叫着你干吗去啊，干吗去啊。

小黑往前走，好像都能哭出来，路边表店门口摆出的小钟显示七点十分。记忆里阿妙问少年，小黑你知道石猴喜欢什么吗？少年想了想说，桃子吗？阿妙摇头，少年又说，是香蕉吗？阿妙又摇摇头，少年问，那是什么啊？阿妙一脸狡黠地说，笨啊，是榴莲啊，有石猴有石猴，宁愿选择留恋不放手啊，哈哈哈。

招手，拦车：师傅，去机场。

还是北京糟心的交通，车子走走停停。小黑想，和阿妙的几年时间是怎么走过来的。

好像是 2012 年的 10 月，阿妙答应了做自己的女朋友，小黑开心得好像要飞起来。那时他们抱着手机，能聊一个通宵。

2013 年刚开学不久，给阿妙修电脑，无意中发现阿妙和一个学长翻不到尽头的聊天记录，大吵，分手，在阿妙无数的眼泪和道歉里又和好。

2013年年中，阿妙说，小黑，你为什么没有当初那么爱我了。小黑说，你别乱想。小黑想起那几十页的聊天记录。

2014 年毕业，小黑在偌大的广州找不到工作，打工每月只有两千块，广州的两千块，是不够温饱的可怜数字。阿妙跟着小黑，说没关系，我们一起努力。

毕业后小半年，阿妙找小黑聊天说话，小黑说你能不能不吵，烦不烦。阿妙整日以泪洗面。2014 年年末，两个人提着行李箱抵达北京。

2015年，小黑月薪终于过万，足以维持两个人在北京的生计。阿妙在家，小黑赚钱。小黑说，阿妙你能不能每日在家动一动，别总是看韩剧看电影。

2015 年 5 月，阿妙说，你去找个保姆过日子吧，我不要再过这样的生活了。

2015 年 8 月，小黑加班深夜回家，家里一片漆黑，时隔 3 月才后知后觉，原来阿妙真的离开了。当晚坐飞机去广州，想要追回阿妙。看着阿妙的同事送阿妙回家，那个同事看阿妙的眼神像极了他们最初恋爱时的自己。阿妙说，我们各自好好过吧。

2015 年 10 月，第二次去广州，五个月的噩梦，越来越明白，阿妙不是赌气，阿妙是真的想离开自己。可是，放不了手，哪怕有一丝丝的机会，都想要拼命挽回。抵达广州，钱包证件全部丢了，打电话给阿妙，阿妙没有接。小黑发短信说，我钱包都丢了。阿妙说，别拿这个骗我，你连尊严都不要了吗？小黑看着手机，快没有电了，关了机，天桥上睡了一夜。

电话响起来，终于把思维拉回来一些。小黑接起电话，姐。姐姐说，你今天是去开年会吗？出发了吗？小黑说：我去接阿妙。

姐姐大吼，你能不能安稳一些，阿妙已经有男朋友了，你能不能振作一点，现实一点。小黑说：姐，我还是喜欢阿妙，我们在一起四年，我当时一无所有，阿妙铁了心地跟了我好几年，我们一起穷过一起开心过，形影不离，她是我曾经一段割不掉的肉。姐姐说：可是你们分开了。两个人举着电话只有喘息声，小黑压着眼泪，姐姐压着怒气。小黑说：姐，我和阿妙都没有好好道别过，没来得及在过好以后爱她，起码现在还来得及道别。姐姐听完，挂了电话。

司机师傅被小黑举着电话的吵闹整得有些尴尬，轻咳了两声，小黑侧身点头示歉。看着外面车水马龙，也不知道街上还有多少伤心的人，不知道这茫茫人海有多少人相遇，有多少人离别，有多少或喜或悲的故事，高楼大厦，钢筋水泥，所谓感情一碰就碎。都说年少轻狂，可是轻狂多久，就破碎了多少故事。好多事情都以为来得及，好多事情都以为过得去，好多错误以为会原谅，可是一个轻狂，就拆了多少懵懂多情。这一步步走来，若每一次都退一点，每一步都考虑一些，每一句话都温柔一些，怕是不会有如今这样熟悉的陌生，也许能给她披一件婚纱。记得有首歌里唱过：如果那天，把该说的话好好说，该体谅的不执着，不受情绪挑拨，假如把犯得起的错，能错的都错过，应该还来得及去悔过，那一场小风波，一笑带过。可惜没如果啊。

年轻时的我们太过自大狂妄，珍惜两个字总是写不好。后来能写好的时候，能碎的都碎了。又想起阿妙无数次的哭泣，在心里暗自骂自己人渣。

到机场的时候，还有十三分钟就能见到阿妙。抽了太多烟，身上一股烟味，小黑拼命跑到旁边的小店，买了口香糖，一个个剥开全塞进嘴里，接机口旁边的反光玻璃里映出自己的影子，小黑转过身看着，把戴在头上的帽子拿下，理了理有些乱的头发，整了整衣服，把平时斜挎在身上的包取下来单肩背着，从兜里拿出纸巾又擦了擦鞋，长舒了口气，转眼看向接机口。曾经有次阿妙说，不管人有多少，她总能一眼找到小黑。小黑问为什么，阿妙说，因为我只要找最黑的一个就好啦。

阿妙走过来，穿着白色的毛衣，头发还和以前一样顺。

阿妙说，好久不见。

小黑说，好久不见。

好像一切都没有发生过，那些争吵和谩骂都没有，那些情绪激动的争执和让人心疼的遗憾都没有，好像还在一起，好像还在相爱。

两个人进饭馆，阿妙说随便吃点，小黑捡着贵的狠点，以前没带你吃好吃的，这次都补给你。

你过得好吗?

挺好的。小黑点头，绝口不提曾有多少个日日夜夜心神不宁生不如死，原来那就是失去的滋味。

好就好。

你呢？过得好吗?

好。他对我挺好的。阿妙点头，夹菜，眼神转向别处，不看小黑。

服务员上了满满一桌菜，两个人都不动筷子，不小心眼神撞在了一起，都愣愣地看着对方，一时之间好像有些想哭，却又尴尬地笑了。笑啊笑，扯着嘴角，无奈又尴尬；笑啊笑，眼睛都湿了，还哪有什么对啊错；笑啊笑，你以后要好好过，要活得特别幸福；笑啊笑，我们能不能再回到当初啊；可是笑啊笑，我们谁都回不去了啊。

你多吃点。

嗯，你也是。

喝点水。

好。

北京还是那么冷。

是啊，还有雾霾。

再笑笑。

十一点五十，饭店没什么人了。

阿妙说，我要走了。

小黑点点头，起身结账，收拾东西，帮忙给阿妙提包，看她围围巾。

阿妙检票，过安检，小黑看着那背影，离自己越来越远。小黑喊，阿妙，阿妙。

机场的人都回头，看着这个一米八的黑煤球满脸是泪。阿妙回过头，小黑拿起电话拨通阿妙的电话，小黑指着电话让阿妙接。阿妙从口袋里拿出手机，接起。

阿妙，你知道，我这个人木讷又高傲，还冷漠，我以前是个混蛋你知道，我对你不好，我年轻的时候老是做错事。

小黑，我不想回到以前胆战心惊怕自己说错话做错事受你责怪的日子了。

我知道，我知道，我想让你过得好，不管你信不信，我曾经对你好是真的，对你冷漠又自私不是故意的，那时候不懂事，不知道会伤你那么深。

中间隔着栅栏，隔着人山人海，隔着嘈杂的声音，隔着四年旧时光里的相爱别离，隔着再也回不去的千山万水。

……

你看，机场有两个人哭成狗了。

阿妙我喜欢你，我爱你，我曾经笨嘴拙舌，我们在一起那么多年，我都没告诉你我爱你，连句晚安都没有和你说过，我现在补给你。我以前是个混球，以后也不知道会怎么样，你恨我你爱我我现在都知道了。

你别再哭了，你妆要花了。

阿妙泪如决堤，这句我爱你来得终究是晚了。

又哭又笑。

机场的大喇叭催促着登机，阿妙挂了电话，对着小黑挥挥手。

再见。

两相忘，各自安。

失恋的人，好像一条狗啊

廖凡回到家的时候，连着三天的暴雨，街道上的水快要汇成河了，衣服已经湿了半截。连续三天加班加到九点多，回到家已经快十一点了，一整天没有吃东西，胃已经感觉不到饿了。刚一进门黑子就一瘸一拐地摇着尾巴冲过来，凑在廖凡身边却不敢与廖凡亲近，廖凡坐在门口的矮鞋柜上，将被雨水浸过的脚从鞋里拿出来，黑子凑上来在鞋边嗅来嗅去，廖凡拖着快要散架的身子，往客厅走，黑子绕在廖凡脚边跑来跑去，廖凡沉闷地吼了一声滚开，黑子就默不作声回到墙角，哼唧了一声舔了两口狗粮。廖凡坐在黑乎乎的房子里，沙发因为长时间的阴雨天发出潮湿的味道，他一眼瞥到了放在茶几上的大信封，那个信封里装着陈青的喜帖。

廖凡接到陈青喜帖的那天，正好是三天前暴雨刚开始的时候，快递员送来邮件刚好赶上下班，大家都堵在电梯口等电梯，身边刚毕业的小伙子和小姑娘闹着，看到廖凡走过来，顿时说话的声音小了很多。快递员从电梯里冲出来，身上还滴着水滴，手里捏着大信封，看着一堆等在电梯门口的人问，有没有人叫廖凡？廖凡走上前去，说，我是。然后接过了快递员手里有些潮湿的信件。看到寄件人那一栏写着陈青的名字，撕信封的手停了下来，转身走到一个人不多的拐角，才拆开，大红色的喜帖，陈青和新郎拥在一起，身后是一片的碧水蓝天，两个人笑得都很灿烂，灿烂到让廖凡觉得刺眼。陈青穿着露肩的婚纱，和当时她说给自己听的婚纱一样，陈青瘦，锁骨很好看。陈青说，以后结婚的时候，要穿露出锁骨的婚纱，裙摆不要很大，那样会显得浮夸。身边的同事走过来，拍了拍廖凡肩膀打趣地说，哟，红色炸弹，又得出血了。廖凡附和着笑笑，同事还说着他这个月收了多少喜帖，工资都凑不够份子钱了，啥时候自己也结婚，把钱给赚回来之类的，廖凡听得有点恍惚。

喜帖拿回家就再也没有打开过，廖凡这时拿过信封又看，抽出喜帖的时候带出了一直没仔细看的一片纸条，廖凡打开纸条借着窗外的灯光看，上面是陈青的字：廖凡，我要结婚了，希望你能来。廖凡扔下纸条，盯着喜帖里的陈青一脸幸福的笑发了半天的呆，转头看向黑子，黑子像是看懂了黑暗中廖凡的眼神，摇着尾巴一瘸一拐地跑到廖凡身边。廖凡摸了摸黑子的头，蹲下来突然抱住了黑子。黑子摇得欢快的尾巴停住，像是感觉到主人的悲伤，呜咽地叫了几声，伸出前爪拍了拍廖凡，这一拍，廖凡眼泪瞬间就出来了。

黑子是陈青要养的，收养黑子的那年是两个人来这个城市的第一年，两个人刚刚毕业，走路的时候都能听到因为穷而发出的叮当响声。也是一个下雨天，陈青和廖凡提着从菜市场买来的蔬菜往出租屋走，遇见了蹲在门口的黑子。黑子瞎了一只眼睛，饿得皮包骨头，身上脏兮兮的沾着雨水。黑子不叫，只是盯着陈青看，眼睛里有些胆怯，有些期许，陈青从塑料袋里把纠结了很久才买回来的鸡块挑了一块丢给黑子，黑子怯生生地上前叼起骨头三两下就吃完了。陈青回到屋子后心神不宁的，过一会儿就打开窗户看看楼下的黑子还在不在，翻来覆去一整夜没有睡，第二天一早顶着一圈的黑眼圈跟廖凡说，我们能不能把那条黑狗养起来啊？廖凡把牙膏吐了，对陈青说，你昨晚一整晚都没睡好，我再不让你养你怕是要提前入土了呀。陈青呼啦地就扒住廖凡的身子像个树懒一样吊在廖凡身上，也不顾廖凡脸上没有洗干净的牙膏沫，吧嗒地就亲上去，然后飞快地跑下楼，连哄带拽地把在楼道口的黑子带到了不足三十平方米的小屋内。

陈青一直喜欢狗，这是廖凡在大二认识陈青的时候就知道的事情。是的啊，他们从大学就在一起了，距离他们最初相识的日子已经过去六年时间了。那时的陈青留着短发，细碎的头发柔柔顺顺的，跑起来的时候跟着步伐头发也会一闪一闪的，她喜欢穿背带裤，胸口前的兜里总能变出来糖果和牛肉干。廖凡是在学生组织的爬山活动中认识她的，那天陈青走了一路吃了一路，通往山上的路上总会冒出来小野狗，陈青就分出牛肉干逗小狗玩，下山的时候陈青对着一条小黄狗“汪汪汪”地叫着，以她的说法是在和狗对话，可是没成想小黄狗咻地奔向陈青，陈青吓得尖叫着在队伍里乱窜，一只狗追一个姑娘一度成为学生会里的谈资。也是那个时候，廖凡眼中的陈青开始变得特别，用他的话说，他从来没有见过一个姑娘被狗追着满山跑的时候还不忘舔一口棒棒糖，那么可爱。

廖凡追陈青的过程没有什么惊天地泣鬼神的惊人事迹，廖凡生来就比同龄的男生成熟稳重，而陈青天生就是幼稚爱玩闹，廖凡喜欢陈青，就无止境地宠着陈青。陈青说懒得买早饭，廖凡就买好了“顺道”带给她；陈青感冒生病了，廖凡就说自己上次感冒买的药还有，再“顺手”找到送给她；陈青说晚上睡不着的时候，廖凡就说自己“刚刚好”也失眠。好像不经意的关心，不会给人以压力，也不会让人觉得厌烦，所有的一切都是刚刚好。而对于廖凡来说，这一切不管是有意或是无意的刚刚好，都是我对于喜欢你的温柔表达，因为喜欢就会去珍惜，珍惜你就不能让你害怕，不能以关心的名义绑架你，不能以无止境的好来给你压力。青春里所有关于爱情的缘分和巧合，只不过是小心翼翼的努力和期盼。哪有什么缘分可说，所有的不约而同都是我在这个世界的一个角落轻轻地凝视你，投你所好赢得你和我共度此生的方式。

恋爱后的廖凡和陈青就像学生时代所有的美好爱情一样，租过学校里便宜的自行车穿梭在学校的各个林荫道里，阳光扫过廖凡的衬衫和陈青的裙摆，清风也拂过清晨的早安和深夜的晚安。因为有爱情暖着，所以冬季也变得温暖，四季如春没有炎热苦寒。那时没有和生活正面相撞，不知这世间生存需要的世俗之物。爱情喂饱了青春里所有的日子，食堂的饭菜有了爱情就会变成山珍海味，几十块钱的情侣衫有了爱情就比得过迪奥和香奈儿，曾把图书馆假装是空中餐厅，自由穿梭的单车像是飞船遨游太空。那时什么也不需要，只要有爱情就好，即使两手空空一无所有，可是有牵着的一双手，就能掷地有声理直气壮地对着所谓的凡尘俗世目空一切。

被泪水和雨水沾湿的毕业季轰轰烈烈地来到，所有的同学气势汹汹备战千日以为自己做好了准备和生活去对撞。没想到生活轻轻呼了口气，象牙塔和伊甸园就刮了一场罕见的飓风，忙着分手，忙着投 offer，忙着和青春告别。校园里到处是散落的酒瓶和买卖二手物件的小摊，装满了放肆和轻狂的青春像是遭遇到了一场猛烈的地震，所到之处一片狼藉。所有的人都紧抓着青春的尾巴，却被青春呼啸离去的躁动撞得头破血流狼狈不堪。只有廖凡和陈青却像是要奔向新生活而去，沉湎于眼泪中的告别在送走廖凡和陈青之时戛然而止，陈青在车站前和送行的同学们说，等我们结婚的时候一个都不能少。那个时候送行的同学看向廖凡和陈青的眼神多少是有些羡慕的，毕业季的分手见怪不怪，所有人都迷茫着准备和这个世界单挑独斗，可是廖凡和陈青两人结伴要去创建一个家；所有人都不知自己何去何从，不知自己为何努力，可是廖凡和陈青扛过了毕业即分手的死咒，劫后余生之后就放肆大步地走向了美好的未来。可是谁知道万人景仰的爱情怎么到最后又分道扬镳成为彼此一段不可提及的往事。

廖凡和陈青扛着大包小包从火车站出来的时候看着即将要生活的城市。真的好大啊，车水马龙，每个人都很忙碌地匆匆而过，这个城市多的是背着梦想壮志凌云来的少年，也多的是无名而归的败将，谁也不会在意谁的去留。廖凡和陈青租的是个三十平方米的房子，这个房子的邻居同他们一样，白天光鲜亮丽地坐在大玻璃窗的办公室里工作，到了夜晚就在这连隔壁大汉的呼噜声都听得到的贫民窟里。每天有人搬走，每天有人住进来。当廖凡交了押金和房租住进来的时候，他们被眼前的狭小房间和简陋设施吓得呆住了，廖凡心里也没底，两个人一句话不说地在一张什么都没有的破旧的床上坐了很久。倒是陈青先打起精神，搂着廖凡的胳膊，说没关系，只要有你在，哪里都是家。

陈青立马行动起来，拉着廖凡去置办家用，两个人的钱加起来也没有多少，只能拣着必用的和便宜的买，收拾房子用了整整一周的时间，重新铺了地板革，床也软软地铺好了，卫生间刷了好多遍，终于看起来不那么糟糕了。晚上陈青枕着廖凡的胳膊吹着风扇，廖凡到现在还记得陈青当时说话的语气，那时真想转身立马娶了这个姑娘。可是那时候的他连自己都养活不起，也是在那个时候，开始有点怀疑自己是否有能力给陈青一个家。

他们在那个三十平方米的小房子里住了一年多的时间，这个房间渐渐地满了起来，他们淘来一个个的小物件悉心地把小屋子装扮好。搬家的时候，陈青还有点不舍。那个时候搬家，黑子已经住进来有四个月了，长胖了，身上的毛也顺了，比第一次见的那个在屋檐下躲雨的黑狗好看太多了，只是一只眼睛还是瞎的。陈青抱着黑子，说走咯，有新家咯。

其实新租的房子并没有很好，只是比起三十平方米的小房子来说，已经算是上了好大一个档次。他们有了客厅，有了卧室，洗澡的时候不用怕热水器的水不够，可以有专门吃饭的小桌子。交房租的时候，廖凡站在一边尴尬地看着陈青付钱，从中介出来的时候，廖凡拉着陈青的手说，对不起。陈青张开手臂抱着廖凡，说，我们以后还要走很长的路，这一生还要靠着你过，你要为我遮风挡雨，别气馁，也别和我客气。廖凡把陈青抱得更紧了。

那个时候，廖凡还是个调试员。IT 从业的开端总要熬够了时间才能出山，调试员的工资低到像是低保户，而陈青在公司却顺风顺水，爽朗干脆的性格使她在公司很受欢迎，随着职位的上升，陈青越发成熟，短发渐渐地留长，再也不穿背带裤和 T 恤，职业装修饰得她越发干练和迷人，工资已经高出了廖凡两倍多。

搬了新家后的日子突然开始忙了起来，廖凡终于可以开始码代码。过了初来乍到的愣头青的阶段，在老员工手下接触到对自己有用的工作内容。廖凡想起陈青付房租的样子，他那时站在陈青边上搓着手指的样子自己想起来都尴尬。对于新接触的工作，就像是溺入深水中不会游泳的人抓住了一把救命的稻草，拼命地想要紧紧地抓住，为了一个漏洞可以加班加到地铁都停了。很多次廖凡回到家的时候，陈青都窝在沙发上睡着了，只有黑子听到钥匙的声音，会晃着脑袋甩着尾巴在门口上蹿下跳地迎接晚归的廖凡。再过了两个月，陈青已经不再等廖凡晚归了。廖凡打开门，客厅里漆黑，陈青早在卧室里睡着了，只有黑子趴在门口的鞋柜旁边。看到廖凡进屋子，黑子的眼睛明晃晃在无边的黑暗里，像努力想要照亮黑夜却无力的灯泡。

多少次廖凡拖着疲惫的身子，悄悄地睡下，轻轻地从背后拥住陈青，害怕陈青被吵醒，连拥抱都不太敢用力。在无边的黑暗里，身边只有陈青洗发水的香味。也不知道从哪一天开始，陈青已经换了洗发水的牌子，但是廖凡还是喜欢，只要是陈青的，他都喜欢。可是他们似乎已经很久没有见面了，陈青醒来的时候廖凡已经出门了，陈青睡着了廖凡还没有回家。而陈青收到的礼物越来越多了，公司里的男同事、工作中遇到的合作方，追求陈青的人开始多了起来，比如那个运营的总监，频频向陈青示好，以各种各样的借口给予陈青好处。在廖凡忙碌的日子里，陈青像是回到了没有人照料的日子。

暴雨天给廖凡打电话，说我没有带伞，廖凡说宝宝我在忙，你打车回去好不好；

生理期，陈青说你今天别去加班，陪我好不好？廖凡说宝宝我们项目最近吃紧，不敢落下，你乖乖在家照顾好自己；

当陈青吼出“廖凡，你是不是永远都不会害怕会失去我”那句话的时候，廖凡才醒悟过来，他好像已经很久都没有和陈青好好说话了，甚至很久都没有好好地看看陈青了。

那天陈青下班的时候，被擦身而过的摩的撞倒在路边，胳膊脱臼，擦破了很大一块，血流出来渗透了白色的衬衫。陈青忍着疼给廖凡打电话，害怕廖凡担心慌乱在路上出事，电话里忍着没有哭，等廖凡一个多小时后赶到医院，陈青才抱住廖凡把满腔的委屈都哭了出来。破天荒地，廖凡没有回公司加班。两个人回到家里，廖凡忙活着给陈青做饭换洗衣服，在干活的间隙两人还能开开玩笑，好像两个月以来虽然同床但互不相见的冷淡日子从来都不存在一样。陈青倒在沙发上看着廖凡，说，我们能永远这样就好了。廖凡举着做饭的勺子，看向陈青。他知道陈青说的话意味着什么，他知道陈青对于他的陪伴有多么的在乎。他在心里默默地说，再给我两个月时间，等这段日子过去，就什么都好了。

那天相拥而眠，两个人都想要一个重新的开始。可是廖凡的电话响起，又是无止境的工作。廖凡立马抽回抱着陈青的手臂，拍了拍陈青，然后转身走向电脑。等到廖凡挂了电话，陈青问，今天你能不能不工作，陪陪我？廖凡说，宝宝等等，我先忙一下，忙完了就陪你。廖凡说话的时候连头都没转，陈青眼里的失望和无奈像是无边的黑洞。当陈青爆发着吼出“廖凡，你是不是永远都不会害怕会失去我”的时候，廖凡愣了愣，转身看着陈青，陈青下床掀开角落的大箱子，倒出里面所有的东西。陈青说，廖凡，你有没有想过这几个月我是怎么过的？我每天都见不到你，有时候我在想你是不是我做的一场梦，你这个人根本就不存在！你知不知道这些东西从哪里来的？陈青指着散落在地上的礼盒，一地的礼盒里都是昂贵的精致礼物，黑子像是受到了惊吓一样，在地上胡乱窜着，小声地发出汪汪汪的呜咽声，像是在哭一样。廖凡看着那些礼盒，大脑一片空白。

廖凡突然想起他已经很久没有送过陈青礼物了。这个城市昂贵的饭菜和地铁票已经让他的口袋每个月空空无几，就连学生时代给陈青买过的包装很好看的巧克力都送不起了。廖凡很多次想为什么日子越过越倒退了，看着陈青一天比一天出彩，多少次都有过想放陈青高飞的想法。廖凡看着一地的礼盒，又看着陈青，陈青坐到床上，说，廖凡，两个多月了，我们都几乎很难见到一面，好像你所有工作的琐事都比我重要，我生病了你不知道，我开心了你不知道，我难过了你不知道，下雨天别人送我回家，生病了别人给我送药，难过了别人给我开导，我一直以来都想让你护着我，可是我过着什么样的生活，你好像一点也不在乎了。陈青逆着光，影子打在墙上，落寞地低着头，眼泪簌簌地往下掉。廖凡走过去，蹲在陈青面前，说，宝宝，你再给我两个月的时间好不好，再给我两个月的时间，我就可以不用带着你住在这么小这么旧的房子里，我就不用再带着你在这个城市里像个流浪汉一样生活了，再等等我好不好？陈青的眼泪落在廖凡的脸上，冰凉冰凉的，陈青说，我要的从来都不是这些啊。廖凡说我知道，可是我想给你一个家。

此后的两个月里，陈青依旧早睡，廖凡依旧晚归，只是廖凡周末会空出一天的时间陪着陈青带着黑子在公园里逛逛，谁也没有提那一箱子的礼物出自谁手。两个月后，项目成功交工，廖凡从调试员的职位直接提升到了项目的小主管，算是公司里升职故事的奇迹，公司给项目组开了庆功宴，领导对廖凡夸了很多句，廖凡敬酒，默默地想，终于熬出来了。陈青的电话打过来，领导借着酒意话多到说不完，廖凡默默地捏着电话调了静音，陈青又打来，廖凡挂了电话，回道：在忙。陈青就再也没有打来。

廖凡回到家的时候醉得一塌糊涂，强撑着进了家门就一头栽进沙发里睡了过去，一直到太阳刺痛了眼睛，黑子没有过来用尾巴扫廖凡的脸，廖凡抬起头，环顾一周，看见了坐在角落里的陈青，还有腿上缠着绷带的黑子。陈青面无表情，眼睛红肿着，廖凡抹了抹眼睛，问，宝宝你怎么坐在这里？黑子怎么了？陈青像是没有听到廖凡说话一样，兀自沉默了半天，说，廖凡，我昨天给你打电话了，我找不到你。廖凡说，昨天在陪领导吃饭，我们项目完工了，我以后就可以不用这么忙了。陈青说，哦，是吗？

廖凡从来没有见过陈青如此冷漠，他宁愿陈青像两个月前对他大吼大叫，对着他发泄。可是陈青这样面无表情，连眼神都吝惜地不给自己半分，让廖凡害怕。廖凡拖着还沉浸在酒精里的身子走向陈青，想拉陈青的手，陈青轻轻地躲开了。身边的黑子腿上绑着绷带，汪汪地呜咽着用前爪试图去够廖凡的胳膊，廖凡转身握住黑子的前爪，问，黑子怎么了？陈青说，被车撞了，晚上遛弯的时候被撞的，后腿断了，以后可能会瘸。廖凡心里像空了一样，想起昨晚接到的陈青连续打来的两个电话，廖凡说陈青对不起，我不知道……陈青说，其实你不知道的事情多了，下雨天没带伞，送我回家的不是你；我过生日，你不见人，给我送蛋糕的人也不是你；生病了，带我去医院跑前忙后的也不是你……关于我怎么生活的，其实你什么都不知道。廖凡说，以后不会了，最难的时候已经过去了，陈青，我马上就要升职了，我可以给你想要的生活了。陈青转头看着廖凡，眼睛里没有一点表情，看了很久，像是想要重新认识廖凡一样。半晌，又说，廖凡，我要离开你了，你给的生活，我不想要了。

陈青收拾东西的时候，廖凡跟在旁边，黑子在角落里拖着绑着绷带的后腿呜咽着，慌乱地伸着前爪，想要抓住陈青。廖凡忘记了自己说了多少句不要走，不要分开，陈青像是再也听不到也看不到，对于廖凡的挽留和祈求无动于衷。

陈青拉着箱子走了，黑子在角落里叫得很大声，陈青看了一眼黑子，说了声再见，关上门，廖凡就再也没有找到过她。廖凡在陈青走后一片狼藉的屋子里坐了很久，黑子狂叫着，像是要把陈青拉回来，可是她再也没有出现过。

廖凡恨过陈青。在黑子还想与廖凡亲近的时候，廖凡抵挡着黑子的亲近，说，陈青把你带回来，到最后还不是丢了你？可是后来很多次，廖凡试图去体会黑子出事的那晚，陈青在屋子里抱着黑子，看着乱醉如泥的他，度过了怎样的煎熬和挣扎，才决定离开他。一年半的时间里，除了每天早上带着黑子上厕所，廖凡没有再带着黑子玩过，廖凡的冷漠让黑子不敢亲近，就躲在角落里，狗粮没了就汪汪地叫两声，稍微走近廖凡，廖凡便会大声地呵斥。很久之后廖凡才明白，是他害怕黑子，他害怕想起关于陈青的一切，害怕承认是自己一手送走了陈青，那半年的时间里，自己对于陈青的态度，还不如黑子这条狗来得实用。

陈青婚礼的前一天，廖凡躺在床上，想了和陈青在一起的所有能想起来的事，包括陈青大学时的背带裤，陈青学着给他织得歪歪扭扭的围巾，曾经在学校里租来的自行车，还有初来这个城市时住过的三十平方米的小房子，像是在为青春送行，也像是在和陈青告别。陈青走后漫长的一年多时间里，廖凡一直坚信着陈青会回来，就像当初她无意闯进自己的生命一样，她会突然再回来。可是，她再回来，就已经要嫁作他人。一年多的时间，他已经不用再无休止地加班，升到了自己想要的职位，领导们都夸他年轻有为。可是每次看着这个灯火阑珊的城市，想起曾经带着黑子撒欢儿跑的陈青，喝醉酒的时候就对着车水马龙的大街大声地喊陈青的名字，你在哪里啊，你回来啊。他曾经想要挣很多的钱，能给陈青一个温暖家。他终于不再做一个不起眼的调试员，挣到了可以养活陈青的工资，终于能够买给陈青一箱子的礼物，可是却把陈青弄丢了。而陈青的离开，好像之前所做的一切努力全都失去了意义。

陈青的婚礼，廖凡坐在角落，陈青和新郎挨着桌子敬酒，廖凡默默地看着她，她是世界上最美的新娘，只是不是自己的新娘。遗憾的是，他们曾经都默契地恍惚以为他们一定会和彼此走完这一生。陈青和新郎敬酒敬到廖凡这一桌的时候，新郎已经喝多了，被人拉着灌酒，陈青和廖凡互相看着，在嘈杂的祝福和欢笑里，陈青的眼中满是泪花，廖凡问，陈青，你恨我吗？陈青摇摇头，摇得眼泪飚了一脸。陈青问，你恨我吗？廖凡看着陈青的脸很久，低下头，说，我对不起你。廖凡端起杯子，一饮而尽，说新婚快乐，然后转身离去。

廖凡回到家中，给黑子新买了狗链，对黑子说，走，下楼玩去。黑子没有急着往门外冲，在廖凡的腿边上蹿下跳，开心地伸着舌头“哈哈哈”地喘气，尾巴摇得像面小扇子。廖凡带着黑子下楼，黑子瞎着一只眼，瘸着一条腿，走在廖凡前面，时不时回头看一眼廖凡，生怕把廖凡弄丢了一样。廖凡看着黑子一瘸一拐的样子，突然觉得他就是黑子，在没有陈青的日子里，他瞎了一只眼，再也看不到世间的悲欢离合爱恨情仇，也瘸了一条腿，走不到关于爱情的尽头。他晃了晃黑子的狗绳，黑子回过头等他，他和黑子并肩而行，影子被路灯拉得很长，他看着踩在脚下的影子，一只瘸狗和一个没有爱情的男人，原来这就是所谓的孤独与狗。

突然想起周星驰十几年前的那部电影里的那句经典台词：那个人，好像一条狗啊。

你死了也好，从此生死两茫茫

我是阿文，今年 24 岁，本命年，我增重了十斤，现在身高 163 厘米，体重 90 斤。我学会了穿各种衬衣，在办公室也有得体的妆容，再也不会因为小事而慌乱得手足无措了，以前因为自卑稍显驼背，现在也被自己矫正好了。现在的我走在街上，也会被男生搭讪，也会有人讨好地帮我买单。严旭，我是阿文，你还认得我吗?

昨天遇到大学时候的同学，她说她是我同学，其实我不认得她。大学四年，眼里除了你，哪还有什么别的事情。不过我还是陪她喝了咖啡，她和我聊了很多大学的事情，其实说的什么我都不太清楚，不过到最后她问了我一句，阿文，你还恨严旭吗？

严旭，我还恨你吗？

呵呵，应该是不恨了吧，我恨你又能怎么样呢？

不知道你还记不记得，我认识你的时候，我才十六岁，高一刚入学。那个时候我的辫子还没有剪，你知道的，我的头发很黑又很顺，从小一直留着，留了很长，辫起来都可以到大腿上。那个时候个子小，人瘦成一把干柴，皮肤黝黑，所以那条长辫子反而成了负担，让我看起来更小。你不知道吧，在遇见你之前的十六年人生，我一直活得小心翼翼。母亲重男轻女本来就没什么好脸色给我，自从父亲走了之后，我的人生就再也没了依靠，我最初以为你的出现会拯救我这阴暗冰冷的人生。

那天下午，我的记忆里是有阳光的。我趴在桌子上，右上角是装满了橘子水的塑料杯。快要上课的前五分钟，教室里闹哄哄的，前方有了拉动椅子的声音，我知道你打球回来了，每次你进来，就会提起椅子往后放一下，从来不像别的同学拉椅子闹出很大的动静，我真庆幸有你这样的前桌。你单腿跪在椅子上，撩起球衣的下襟擦汗，那时还有 1 分 25 秒上课。接下来你肯定转身坐下，一边问同桌什么课，一边在桌框倒腾书和笔记本，大半个学期了，你一直都是这样。——然而那天你没有。

你说阿文，水给我喝一下，渴死了。我每天都在桌子的右上角摆着一杯橘子水，没想过有一天那个杯子的边缘会遇见你的嘴唇，毕竟你是学校里好多人都认识的严旭。听他们说你打球很棒，弹得一手好吉他。你个子很高，每天都会有很多的情书和礼物，而我是黑不溜秋、骨瘦如柴、说话都不敢大声的、没有一个朋友的阿文。

你喝水的样子真好看，那时我偷偷地瞄着你，看着你的喉结一上一下，顿时觉得那个用了好几年的塑料杯子都焕然一新。我不敢大胆地抬头看你，垂着头只能看到你的衣角，你刚才擦汗的汗渍还留在衣服上，一块一块的，竟然能看出是桃心的样子。你喝我橘子水的次数越来越多了，我决定换个新的好看的杯子，我借着买新笔记本的名义向母亲要了钱，在精品店买了个我觉得你拿着会更好看的杯子。那天下午你进来顺势拿起水杯喝水，突然顿了一下，说，哎阿文你换水杯了？不是我给你弄坏了吧？我死盯着你的衣角摇了摇头，我还是不敢抬头看你，我怕我厚厚的眼镜片会吓到你。我近视五百度，眼镜还是初中时候配的，老旧的大镜框，镜片是最便宜的没有做薄处理的类似于酒瓶底那么厚的样子，侧面看会有一圈圈的白色环环，隐约看见的眼睛显得特别丑。没办法，爸爸走后，我很难向母亲要到新的东西。

你喝完水转过去正准备课本却突然转了过来，从裤兜里掏出一个棒棒糖，你说阿文喝了你好久的橘子水了，棒棒糖给你谢恩，别嫌弃寒碜，这可是我姐姐从国外带回来的，你尝尝喜欢不，喜欢我明儿再带给你。

开头很美好对不对，虽然我没朋友胆子又小，可是学校后门小租书店里的青春小说我也看过的，校草与默默无闻的小姑娘谈一场气翻校花嫉妒死各种八卦女的恋爱。我不知道你会不会喜欢我，但那时我好像喜欢你了，我觉得你第二天肯定会给我带棒棒糖。你知道吗，我父亲走后，已经很久没有人关心我了，母亲对我言语甚少，只有弟弟在我发呆的时候过来看看我，我很久没有遇到人对我笑脸相迎，还像你笑得那么好看，你一颗棒棒糖递过来，好像递了一个太阳。

可直到现在，我都没等到你答应我的那颗糖。

我原本以为我能静悄悄地守着这个秘密直到高中毕业，直到以后的人生在时间的长河里把你我冲散，然而我并不是受造化宠爱的女生。那次运动会，我们班和隔壁班拼决赛，你投了漂亮的三分快要锁定胜局，对方叫了暂停商量对策，你的手穿过了班里那么多递给你水的女生的白皙又修长的手臂，从我怀里拿走了我紧抱着不敢让别人看见的橘子水。我第一次被那么多人静悄悄地看着，有那么两三秒钟我觉得整个世界是安静的，或许不怪你，你活得太过炫耀，一个不小心就撞坏了我的安宁。

谁说学生时代的心是最纯净美丽的，那只属于美丽的女生和帅气的男生，你们耀眼的世界才会有青春和爱恋。而我挤不进你们的圈子，在那个满嘴“矜持和脸面”的高中时代，只有漂亮的女生才配喜欢一个万众瞩目的男生，他们的爱情叫两小无猜青梅竹马郎才女貌。而我这样的人，就算是什么都不做，也只能换来嘲笑和讽刺。漫天的风言风语传来，言语变成磨得亮眼的刺向我铺天盖地地扎过来，一夜之间所有对我视而不见的同学突然变得冷言冷语。其实这些对我来说都不算什么，我本来就没什么朋友，也没有孤立这一说，只是同桌在班会上众目睽睽之下大张旗鼓地提出不要和我做同桌让我尴尬和慌张，流言蜚语让我觉得自己肮脏和不堪。

暴风雨的真正来临是有人翻出了我在书本里某一页写了你的名字。严旭，你知道吗，高中余下的日子，我在操场上被人无数次故意撞倒，我的椅子被人折断了椅子腿，我的书本上出现的所有的谩骂都来自于你的名字。因为严旭这两个字，我的高中被万人嘲笑，就连班主任都可以叫我到办公室，说，阿文你和严旭保持一下距离，你看你这个样子，姑娘家的怎么能这么不懂矜持和脸面，怎么能这么不自重呢？

我变得漂亮的现在，总有人跟我说别把世上的人想得那么坏，其实世界上的人大多数都是和善的。可是他们不知道，在我还是那么唯唯诺诺、骨瘦如柴、驼背且戴着大厚眼镜的时候，没有人给过我温暖。我只是在别人放学后，揉揉已经麻木的大腿，再找钉子修椅子，想办法把写在书本上那么不堪入目的谩骂擦得淡一些。而在这样艰难的岁月里，你从来没有护过我，你冷眼旁观这一切，只是依旧会说，阿文，喝一下水，再给我一个大大的笑脸，可我依旧觉得温暖。

现在想想那时的自己，真可怜，我曾经在十几岁最脆弱无助的时候，用所有的自尊祈求一份温暖。只有自己知道，我已经有多久没有被人爱过。，十六岁的我，怀念我的父亲，我期盼有一个人能出现，能把我捧在手心里，能让我在这个冰冷的世界上稍微暖一些。可是上天给我的，只是你，严旭，只是你一个那么冰冷却又看似真挚漂亮的笑容，让我为了这一个笑脸万劫不复。

高二的时候，我的弟弟，那个唯一在我发呆的时候会过来看我的弟弟，在一场车祸中面目全非，当场死亡。我请了两个礼拜的假去处理弟弟的后事。深夜，弟弟的灵堂前，我的母亲看着我说，我在这世上，最后剩下的，竟然只是你了。

我在这世上牵挂本来就不多，我不怕死，可是我怕我身边仅有不多的人死。我父亲走的时候我还小，那时我只知道，父亲走了，以后母亲打我的时候我没有人护了。可是高二的我已经长大了，我知道生死意味着什么。我的弟弟，再也不会在我发呆的时候过来看我了，他再也不会用欲言又止的眼神表示他对我的关怀了。

我回到学校上课的时候，是下午那天你进了教室就直接坐在座位上，我看着你的后脑勺，你愣了一下转过来，又露出那么阳光的笑脸，说，阿文你回来了啊。然后拿起我桌子右上角的杯子，喉结一上一下。那天体育课上我在教室一个人坐着，看着操场上的你们。真美好啊，青春的样子被阳光照得刺眼，你冲进教室拿你的护膝，看到我，你问，为什么没有出去玩啊？我愣愣地看着你说不出话，你问我，这么久没来学校，没出什么事情吧？

严旭，你是第一个问我有没有出事的人。我走了两周，回来时迎接我的只有冷眼，我的喉咙像哽了鱼刺，眼泪瞬间就出来了。

我捂住脸朝你摆手让你走，
你在我身边站了几秒钟，
你拍了拍我的肩膀，
你踌躇了一下，
你走了，
转身奔向了操场。

高三毕业的时候，我坐在教室里看着那些美丽而年轻的面孔交换着同学录，他们为青春的告别或哭或笑，到处充满着拥抱和告白。你一直被人拥着，填了不知道多少张同学录，终于得空，你转头对我说，我也帮你填一张。我摇摇头，说我没有准备同学录。你说，那你要纪念，我给你好了。我说，严旭，我要棒棒糖。你愣了一下，挠挠头，说，棒棒糖啊，这个好办，我得空出去的话买给你。我没给你提过什么要求，然而你还是欠了我的棒棒糖。

大一的校园里你见到我很诧异吧。你瞪大眼睛，看起来好像很开心见到我，你说阿文你竟然也在这个学校，哇我们还同系同班，哇太巧了吧。我点点头，是啊，是很巧啊，因为我偷偷抄了你的志愿表啊。

人都说大学是美好的，我一直觉得我的大学也是美好的。

严旭，是那个时候你记下了我的电话号码对不对，我到现在都没有变过我的电话号码，我害怕万一你再打过来呢？

你打电话让我帮你带早餐，让我给你占座，让我帮你点到，让我帮忙给打球的你送水，让我陪你玩游戏，我越来越多地出现在你的朋友圈子里了。你的朋友都认识我，你给大家说，这是阿文，我们高中就在一个班了，大学还在一个班。是啊，我们是多么长久的关系啊。你打球打累了，走路的时候偶尔会倚着我的肩膀，你说，阿文，这辫子太长了，看起来土，你该剪剪，把头发散开来，那样才会漂亮啊。

我剪了头发，不久就开始了疯狂的兼职生涯，因为我的生活费花完了，你的酒局太多，我的钱几乎全部给你买了单。

其实我好感谢那些兼职的日子，虽然最初发个传单都不敢，被老板在大街上骂得狗血淋头。可是我没有钱，你又有那么多的酒局，我如果不付钱，在你身边让你对着我笑的机会就会没有了吧。我发了疯地打工，服务生，派单员，甚至还可以去做

主持人。或许就在那个时候，我开始变漂亮了吧，开始不再那么畏畏缩缩地活，开始慢慢地挺起胸脯做一个敢于直面你的姑娘了。

大学几年，吃的最多的东西就是白开水和馒头，还有整整一年的中药。我知道学校附近每一家酒吧的消费水平，我能算出来你一个月能喝多少酒，我旷了很多课只为了一份几十块钱的兼职，我从来没想过我的人生会有旷课这一说。你喝醉，我付账，再送你回去，你能在醉了之后靠着我说哎呀你真是个好姑娘啊。

严旭，大学的时候我过得好辛苦。你知不知道，我打了那么多工，为你付了所有的酒钱，你从来都不问我哪里来的钱，你只是玩得很开心。你开心，我就可以了。

我知道，那个时候的自己很不堪，为了一个男人把自己搞得很辛苦。为了你，我几乎拼尽了全力挣钱省钱，我甚至都忘了我其实喜欢的只是你对着我笑，可是喜欢久了，就成了习惯，我已经习惯了满足你提出的任何要求，只要你能说出来，我就会去做，不管那是怎样难走的路。

我知道你的不好，也只是后来看见了别人的甜蜜才知道恋爱原来是那样的。所以，严旭，你爱过我吗？没有对吧，所以才舍得让我那么辛苦，所以才能由着我喜欢你，所以在我的世界里横行霸道。或许你是看不起我的吧，后来的我身边鲜花不断时，有男人告诉我，男人永远对围在自己身边的女人产生不了爱恋。白玫瑰和红玫瑰，得不到的才是最钟爱的，而我，是送给你的。

我第一次给你的时候，还是你喝醉了。回学校的半路上，你拉着我进了酒店，我第一次经历世事，不知道是庆幸还是不幸，庆幸的是给了自己喜欢了那么久的人，不幸的是我喜欢了那么久的人在不喜欢我的时候和我上了床。第二天醒来的你看见我并没有惊讶，穿衣服出门回学校。

我最近一直在想，大学那几年，我是怎么从你的床上走下来的。到现在，我还是害羞，不敢穿暴露的衣服。就算是偶尔有女性朋友在家里留宿，我都无法像她们一样坦然地一进门就脱衣服，而我已经是一个早都把自己交给你的女人了。

那个时候的关系好微妙啊，你对所有人称我是你的同学好友，但全世界都知道我们是有关系的，没有人点破过，也没有人深究过，连我自己都不清楚，我是你的床伴还是女友。

我发现不对是我们已经住在一起两个月之后，我们没有任何安全措施，我却没有怀孕。我去医院检查，就在满是年长女人的医院里，中年女医生用刀一样的眼神看着我，充满了鄙夷和不屑。是啊，那个时候的我应该是真的不堪吧，在我不知道的时候得了妇科病，还很严重，又因为身体不好缺少营养，过于瘦，所以不能怀孕。我吃了一年的中药，你都知道，可是你没有问过我。

我会偶尔有偷偷给你生一个孩子的冲动，可是我没有办法给你生，我的病好不了，因为我要陪你上床。一年的中药让我看见什么都想吐，那肮脏无耻的病症就像巴掌一样扇着我的脸。它们提醒着我，阿文，你的生活不堪又糟糕，你的自尊卑微又渺小，时时刻刻我都在受着践踏。

我要怪你吗？我怎么怪，这一切都是我咎由自取，这一切都是我自己选的路，是我先不爱自己的，你又有什么理由心疼我呢？对于我所做的一切，你只是没有拒绝而已。

你走的前一夜，我们说了很多话。那个时候大三了，很多同学都在准备着实习和考研，学校里很多人都在离别。你坐在我对面，你说，阿文，这么多年辛苦你了，或许是我错了，我只是喜欢橘子的味道，没想到因为这个就耽搁了这么多年，对你这么不好真是对不起。

你是不是感觉到自己要走了。真自私啊，从来没有对我好好说过话的你竟然那天说了那么多。

可是严旭，你还是没有对我说你喜欢我，你说了那么多，第一次抱着我睡觉，没有接吻，没有做爱，有一个很安稳的美梦。第二天你出门的时候跟我说让我准备好给你的橘子水，还那么笑呢。

可再见你就是在太平间了，你很平静地躺在那里，我看着你，怎么都不信那是真的，你还欠着我两个棒棒糖都没有给我呢。

你的母亲冲过来扇了我的耳光，她说是我克死了你。对啊，你母亲是认识我的，我见你母亲的时候，她优雅又美丽，你跟她说我是你同学，她还说让我们互相照顾呢。现在你走了，她这么说，她应该早就知道我有多喜欢你了吧。她发了疯一样捶我骂我，严旭，你看你的死多么让人心痛。我不怪你的母亲，她痛失爱子，总要有地方宣泄情绪，所以她不顾劝阻骂我打我的时候我只觉得悲凉。那一个个巴掌只是让我更加清醒，你再也回不来了。

可是我的情绪去找谁宣泄？严旭，你有没有觉得，我的人生太可怕了，我年幼丧父，年少失弟，现在你也走了。严旭，你看这世界有多无情，我一生就在乎了这么三个男人，一个个撒手都去了，留下我一个人孤零零地在这世上。严旭，我一点都没觉得辛苦，你回来，我继续打工挣钱，你去喝酒。你在，我起码还有个盼头，还能在这世上有个挣扎，可你走了，我以后做那么多，还能把那好和关心给谁啊。那轿车太无情了，它把我爱的这三个男人一个个的都夺去了，再也回不来了。

我曾经想过很多你会离开我的理由。早知道你是不爱我的，其实我一直在等你爱的那个女人出现，然后我退出。可是没有想到你最后让我怀念你的方式竟然是这么残酷，两手一搭撒手人寰。严旭，我该庆幸吗？你没说过爱我，但也没来得及说不爱我，这一生，我是你唯一的女人。

严旭，我记忆力越来越不好了，关于你走之后我是怎么活过来的，我都记不清了。我记得拉住窗帘关了门哭了很久，哭到眼睛干了看东西都看不清了，也喝过好多酒，也终于知道你为什么那么爱喝酒，酒好啊，一醉解千愁。

后来我妈妈来了，给我煮了一碗面。

严旭，你走了有三年了，我越来越好了，你看见了吗?

其实自从弟弟走后，母亲对我已经没有那么冷冰冰了，现在我们还能在一起聊聊天了。那个时候总是幻想着我们能结婚，父母和善，我们都能在其膝下幸福长久。现在我母亲对我挺好的，可是你已经不在了。

不过我现在挺好的，我找了一份挣钱不多但挺轻松的工作，我再也不用东奔西跑打工挣钱给你付酒钱了，也不用再担心自己一个不小心就惹你生气了，不用再小心翼翼地活在你身边怕你不要我了。严旭，现在的我在好好地生活，以前我努力想撑起一片能容得下你的天空，现在不用那么辛苦了，也努力给了自己一个世界，已经慢慢地开始淡忘你了。

这段过往总被人问起，他们问我恨你吗，还爱你吗，忘记你了吗。严旭，你希望怎样呢？

你已经不在了，我还追究什么对错，牵扯什么爱恨呢？就算你温暖过我，就算你伤害过我，就算你自私过，就算我执着过，可是你已经不在了，六年的爱恨情仇随着你骨灰扬起的那一刻，早都没有了依靠，飘散在这世上了。

严旭，那天我被公司派去首尔出差，路口有一家糖果店，那是你还我的债对不对？我一眼认出来，就是你给我的那颗糖的标签，肯定是你还我的。

严旭，你知不知道，我在首尔阳光明媚的街头，哭成了傻瓜。

爱让你无畏无惧，也让你无路可退

深夜三点半，你打来电话，我迷迷糊糊地接起来，还没有等我说一声喂，你就哭起来了。

我问你怎么了。你说，你的孩子没有了。

初春的深夜还有些凉，我打开窗户，天是深蓝的近乎于黑色的黏稠染缸，里面住着不知道多少不眠人的爱恨情仇，你抽泣的声音有一种让人恐惧窒息的安静，在深夜里显得荒凉又绝望。你哭了又哭，哭了又哭，问我，我这辈子是不是完了？

我深吸着深夜里能冰透人的空气，说不出话来。

你认识苏末的时候我在场，那时我们俩是马上要满二十岁的小姑娘。你喜欢穿百褶裙，马尾上总喜欢戴着从精品店里淘来的蝴蝶结，各种各样大的小的都有，走在路上喜欢一跳一跳的，蝴蝶结就跟着在风中飘啊飘的。那天我们去学校外面吃干拌面，你喜欢吃辣椒，等面上来了，你挖了整整三大勺的辣椒撇进碗里，放辣椒罐的时候一抬头看见了盯着你碗目瞪口呆的苏末。

不满二十岁的少女的爱情，总是来得莫名其妙。小面馆里人声鼎沸，油烟和二手烟呛得人都喘不过气，你却眼里只看见苏末，眼睛里亮闪闪的，盯着他。他抬头把眼神从被辣椒埋没的面里移到了你的脸上，你们定定地看了有两三秒，我戳了戳你，你才慌慌张张地回过神来坐下，脸红得像是把那一罐辣椒吃完了的样子。哦，原来爱情和辣椒一样，都能让人涨红了脸。那时候的苏末皮肤偏黑，穿着白色的短袖，普普通通却正气凛然。

你第一次没有给我展示你的筷子神功，文文静静细嚼慢咽地第一次吃在了我后面。后来的你总是说你没有一见钟情，你红着脸说是苏末追的你。可是你不知道，你陷入爱情的样子有多么可爱和敞亮，平时的你吃面，握着筷子把面卷起来，一卷大半碗就都缠在筷子上了，然后你就举着筷子像吃烤面筋一样三分钟内就着大蒜吃完面，再把桌上的汽水一口气喝完，嘴鼓得像个婴儿肥的洋娃娃。多少次让你慢慢嚼慢慢咽你都管不住你迫切填饱肚子的心，可是那天你吃得多优雅，你不说话低着头，用吸管一嘬一嘬地抿可乐，脸上一阵一阵地泛红，嘴角一阵一阵地上扬，又极力掩饰着自己的小情绪，看起来可爱又腻歪。

而我转头看苏末，苏末挺直了背，耳根红了一大圈，明明面早都快吃完了，却挑着筷子故意磨蹭。

面馆里人头攒动。五大三粗的男人，文质彬彬的少年，喷着廉价香水的姑娘，刚刚剪了刘海的少女。从后厨传来的嘈杂话语和油入锅时刺啦啦的响声，还有面馆墙角的电视里播放新闻的声音。明明这样混乱的场景，可是有两个人的眼里只有彼此，那时他们还陌生，还没有想过后来。爱情真奇妙，随时随地发生，莫名其妙心动。在初心懵懂的那个瞬间，明明相隔万里却好似惺惺相惜，明明只是初见却已在心底许下终身。

吃完面出来的时候，苏末跟在后面，一个转弯忽然不见了，你左顾右盼漫不经心地张望了多次，有点失落。突然苏末出现在眼前，手里拿着三杯鲜榨的果汁，一句话不说就递过来。手在太阳底下有点发亮，我看见苏末的手上有厚厚的茧。你愣愣的不知道怎么办，还是我结过了尴尬停在空中的果汁，你才后知后觉说谢谢。你的嘴被辣椒辣的得红劲儿还没过去，笑起来格外明媚。苏末说，你能不能给我个电话号码？我看你害羞得脸红，就帮你在苏末的手机上输了数字和你的名字。

我从来没见过比那时还可爱的你，虽然你平时也特别可爱。系里追你的男生一抓一大票，有人爱你的大眼睛，有人爱你的蝴蝶结，有人爱你活泼可爱蹦蹦跳跳。他们有的爱慕你年轻的面容，也有人爱你可爱的灵魂，可是大三的你从来没有喜欢过谁，你说他们都是娇宠的小孩子，不懂得什么是同甘共苦，不懂得责任有多么重要，你要的爱情不是童言无忌，是一诺千金。那时这段话从你的嘴里说出，从你这个走路蹦蹦跳跳、喜欢蝴蝶结的女生口中说出，真让人侧目，我还笑过你少年老成。你大学三年在千军万马一个人倒下去一千个人站起来的追求者中片叶不沾身地走过，我都以为你爱上与你同吃同睡的我了，然后苏末就出现了。

你抱着手机不撒手，我问你每天聊什么，你笑着说从诗词歌赋谈到人生哲学，再相约一起看星星看月亮呀。满脸的赖皮相和腻歪鬼。

你的恋爱来得有些快，一个月后你让我下课直接去校外的食堂找你。我到了地方，看见你和苏末在一起，我以照亮整个宇宙及人性阴暗面的万丈光辉坐在你们对面。你直起腰杆说，正式介绍一下，这是我的男朋友苏末，是个万贯满金的包工头。我还没从包工头三个字的震惊里缓过来，就听见你又对苏末说，这是我的好闺密高萱萱，是个孤独寂寞的单身狗。我拿起桌上的纸巾盒向你砸去，苏末一手挡在你面前，你只管哈哈地笑。苏末比我想象中的还要对你好，脾气也好。我们刚牵手做朋友在被窝里说悄悄话的时候，幻想过彼此会嫁给怎么样一个人。

那时我看到苏末，就觉得，嗯，对了，你就要嫁给这样一个人。

苏末是个好脾气的人，那天虽然我是个瓦数爆表的电灯泡，但还是玩得很开心。因为苏末好酒量，我们玩十五二十，苏末运气不好总是输，喝了自己的还得帮着喝你的，我也不拆穿你认识苏末之前灌二锅头的豪爽劲儿，就且让你享受小女人的幸福。酒足饭饱后我们回宿舍，苏末走后我问你，苏末没有上学吗？你说，苏末家里条件不好，还有个弟弟，他就没有钱上了，高二就打工，现在贷款包了咱们学校旁边的工程，管着五个塔吊呢。我说，他是准备一直包工程，然后你跟着他吗？聪明如你，你看出了我的顾虑。你说，哎呀苏末和别人不一样，苏末到现在还看书，看的不比咱们少，不信你下次见他，跟他聊国外的名著，他知道的比咱们都多，而且都有自己的道理。我说，那你爸爸妈妈会同意你和他在一起吗？毕竟家庭条件差得挺多的。你咬了咬嘴唇，说，我会和他们说的，而且两个人努力日子还能难过到哪里去，又不是解放前。你说完从钱包里拿出苏末的照片，说，苏末就是我想要的那种人，从面容到内心，百分百符合，我都没有想到我能这么好运气，竟然真的能遇到我心里想要的那个人。

苏末真的不叫人失望。大四的时候，苏末租了学校附近比较好的公寓，你和苏末正式开始了同居的日子。我们的同学都在忙着毕业和分手，我也四处面试碰壁，就只有你是个另类，朝气蓬勃地和苏末开始了充满希望的日子。在我们充满迷茫和恐惧的校园里，你在我身边像一道曙光。你搬好家的第一天，我去做客，进了门，你系着围裙在厨房洗菜。我说，呦，没看出来你还有这手。苏末在一旁用软化了的眼神看着你，说，十指不沾阳春水，今来为君做羹汤，谢谢老婆。苏末说着就在你脸上吧嗒亲了一口，给我这个单身狗造成了一万点加的伤害。你转身只对我笑，逆光里的你看起来不像是那个扎着马尾蹦蹦跳跳的小姑娘了，我想起来你很久没有扎过马尾了。你放下了长发，低头的时候头发掉下来几缕，看起来特别的轻柔温暖。那个小姑娘长大啦，我好像都能想象到你以后的日子有多么美好，你会有个漂亮的宝宝，软软糯糯的声音叫着爸爸妈妈，在你脸上亲一口，在苏末脸上亲一口。

可是你确实没有那么贤惠，让苏末宠得你没办法贤惠。自从那一顿饭之后，除非苏末不在，你才会下厨。苏末一手好厨艺，可让你饱了口福，我也蹭了不少。你原形毕露，说些不正经的话。我蹭饭的时候咱们三个酒足饭饱我还问苏末，是不是觉得被骗了，认识的时候是个淑女现在却满口老子，苏末说，认识的时候就觉得她不是淑女，那么能吃辣，肯定特调皮。

你们也会争吵，鸡毛蒜皮的小事爱斗嘴。完了你就躲我的小出租屋里，不到三个小时苏末就会来找你，见了面就好得跟一个人一样。天知道那时候我多想掐死你，关爱动物协会的电话在我内心已经拨打无数次了。我说你别这么作，你得意地说，才不是呢，我爱他，他也爱我，他知道我不会离开他，我也知道他不会离开我，只是小打小闹，这样才开心啊。苏末也沉浸在你的小脾气里无法自拔，甚至还说“我做了万年单身狗，再不作一点就成二郎神了”。

我记忆里你们吵的最热闹的一次，就是因为那个叫郝敏的女人。郝敏快三十岁了，比苏末还大三岁，风情万种，平时上街都穿 V 领衣服露胸的那种。你拿着苏末的手机玩游戏，郝敏发来了信息，你点开看，郝敏说我想你了。你沉了半天的气，沉不住，一把把手机扔向正在拖地的苏末身上，转身来了我的小出租屋里。你还没到我出租屋的时候，苏末就来了电话，跟我说了郝敏，说郝敏是他刚进入社会的时候遇到的姐姐，帮过他。后来郝敏要和苏末在一起，苏末没有同意，本来偶尔还一起喝酒吃饭，也没什么，可是最近郝敏知道苏末有了你，就不知道怎么了，疯狂地发信息给他。苏末一再向我保证，郝敏给他发的暧昧的短信他一条都没有回过，也从来没有给郝敏主动打过电话。然后你就气冲冲地敲门了。我给你开门，你哭红了眼，进来就破口大骂，我看你骂累了，问你，你看信息的时候，有没有看见苏末给她回复过？你想了半天，说回倒是没回，但还是膈应。我说苏末那么好，肯定有女人看上呀，苏末都不理她，你生什么气，你生气苏末太优秀被别人看上啦？你歪头像做试题一样认真地想了半天，说，也是啊。你在我的出租屋里待了一个礼拜，苏末一日三餐都给你送过来，还把自己的手机和身份证留给你，好让你随时监听电话和短信，也可以随时查通话记录。最初郝敏打过两次电话，你接起电话像个战士一样说，苏末不爱你，他是我的！然后郝敏就消失了，苏末终于把你接回去了，你们在沉寂了两个多礼拜之后又疯狂地虐狗了。

我以为你们两个一直会这样幸福下去，你闹他笑。我身边的悲剧太多了，我就指着你能让我看见幸福呢，可怎么最后成这样了？

苏末包的工程款延迟发了四个月，苏末手底下的人一天比一天催得紧，大家都想着拿钱回家过年。其实苏末并不是腰缠万贯的包工头，他只比我们大两岁，虽然包工，但是付完了工资，还要还贷款，算下来只比上班的人多拿一些钱，可是他有一家人要养活。自古以来，都是穷人家的小孩早当家，苏末比我们都成熟懂事。也是，如果他不是这样能抗得起责任的男人，你也不会爱上他。苏末整晚整晚的睡不着觉。你问我，苏末是不是有鬼？我说你再观察观察。那天晚上你醒来，苏末不在身边，卫生间里隐隐约约传来苏末压低嗓子说话的声音，你悄悄地走过去趴在门边听，听到苏末说，我知道你们急用钱，我真的在尽力凑，我绝对不会不认账不给钱的，我砸锅卖铁都会把钱凑够的。你站了半天，默默地回到床上。

第二天你醒得特别早，偷偷地翻看苏末的短信，才知道苏末的工程款拨不下来，拖欠了近二十万元的工资。你默不作声地放下手机，破天荒地起床给苏末做饭。你想起前几天因为苏末低着头不说话总抽烟还埋怨他；你想起前几天去逛商场，看上了一件裙子特别喜欢，标价一千多，苏末没有一点犹豫就买给你；你想起这段时间苏末扫地擦桌子做饭，忍受着电话里难听的辱骂和威胁却对你只字不提，眼泪掉进锅里刺啦啦地响。

你不知道该怎么办，突然恨自己为什么不好好工作快点升职加薪，好给苏末分忧。一连两天，你也是彻夜难眠，你问我怎么办，我是一个打工仔，我又怎么知道呢？那天晚上苏末十一点了还没有到家，打电话也不接，你着急，拉着我去了苏末工地上的临时工棚里。你看见有七八个男人围着苏末，苏末埋着头坐在中间，那些男人凶神恶煞，一个个的对着苏末大吼大叫，又是谩骂又是威胁，好像随时都能动手。苏末在中间不停地解释和道歉，你看着，握着我的手微微颤抖，我知道你害怕，你最怕五大三粗的男人发脾气。虽然你平时咋咋呼呼，可是看见大声嚷嚷吵架的情形你都躲得远远的。可是你冲上去，把苏末护在身后，大声地向那那两个男人吼，嚷什么呀，不就是钱吗？至于把人逼成这样吗？怎么就能把人逼成这样？昏黄的灯光下，你像头愤怒的小狮子，身体前倾，对着那些五大三粗的男人，灯光下照出的尘埃在怒吼声中并未平息，它们依旧在空气中飘荡着，印着灯光，像是在下一场关于琐碎生活的雨。一群男人被突然冒出来的你吓住了，苏末也愣住了，看了你半天，把你往身后护。一个年龄大得可以叫叔叔的男人说话了，他说，小姑娘，我们上有老下有小，一家人的嘴等着我们的工资养呢，我们不逼苏末，那我们的命谁管？生活把我们这些男人都逼成这德行了。你是个小姑娘，多少人养着你，你知不知道养别人的辛苦？

你瞪着那个男人，突然眼神就变得柔软又无力了，两颗豆大的眼泪掉出来。那一晚上以你的眼泪作为句号，你跟那个大叔说，你给我十天时间，我们凑这钱。

我们三个回到你们的小公寓，苏末坐在沙发上不说话，你突然像个女强人，一直低头想着什么，静静地坐了半小时。你对苏末说，我来想办法，我们一起努力，你别丧气。苏末说，你别管了，我还要娶你，没风风光光娶你，你怎么能倒搭我。你和苏末说，未来是我们两个人的未来，是我们一起创造的。苏末说，这件事你别插手，别让我以后不能理直气壮地娶你好吗？是啊，苏末曾经说过的，等他买得起一套好房子，能堂堂正正地站在你父母面前，能让所有人安心你余生跟着他不会受委屈的时候，他要理直气壮地把你抱进家门。造化就是这么会开玩笑，只要是它不想给你的，即使觉得近在眼前，也可能随时消失不见。

第二天，你去公司请了假，想回家一趟，想把属于自己名下父母给你买的小公寓的房产证偷出来做抵押贷款来救急，从小衣食无忧的你不忍心让苏末为了十几万块钱被人欺负成这样。你在超市给父母买东西的时候，郝敏堵住了你，她趾高气扬地说，我是郝敏。你都快忘记这个名字了，想了半天才想起来，你问，你有什么事吗？郝敏说，苏末现在急缺钱，不知道娇生惯养的你知不知道？你不说话，盯着郝敏。郝敏笑了笑，说，其实钱是好东西，说不准就把你们拆散了，但是钱在我这里不是东西。郝敏说完就走了，你在原地发了半天的抖。

你如愿以偿地偷到了房产证，忙着跑贷款的手续。然后你发现你怀孕了，拿着验孕棒不知所措，苏末不在，你连个商量的人都没有。那天苏末整晚都没有回来，半夜十二点的时候，你收到苏末的信息，是郝敏的自拍，她穿着性感的睡衣，背后隐约能看见睡熟了的苏末。你发了疯，砸了家里能砸的所有东西。

苏末给我打了很多电话，问我有没有看见你，我给你打电话，你没有接。消失了六天后，半夜三点，你打电话，告诉我你的孩子没了。

你看，我把你和苏末的往事都回忆完了，你还哭个不停。

我穿衣服去你住的宾馆找你。你开门，披头散发脸色苍白，我说你怎么不让我陪你，你说，又不是什么光彩的事情，又不用人鼓掌。你像个没魂的人一样蹲在床上，裹着被子，我看着你，不敢想象你是怎么一个人在医院里打掉了孩子。

我把你接回了我的住处，给你煮面，你吃了一口就哭了，又不停地往嘴里塞，就着眼泪吃了两碗面。天还没亮，苏末的电话又打来，我给你看手机屏幕，你看了一眼，蒙头躺下转过身。

这几天我都不知道怎么过的，有些混乱，我准时准点地看着你吃药，吃饭，喝汤，吃完了就睡，安静得让我害怕。短短十来天时间，瘦到不像话，我总在你睡着的时候探探你的呼吸，深怕你就这么永远地睡着了。苏末打了三天的电话，隔两个小时就敲一次门，我就假装听不见，还有一天，苏末在门口睡了一夜。后来你说，接吧，见一面。

苏末来的时候，你在床上躺着，眼神呆呆的像商场里摆放的模特。苏末进来，叫了一声宝宝眼泪就下来了。我尴尬了半天，把你在医院做手术的单子给了苏末。苏末看了半天，看得眼泪掉手也抖，跪下来，说对不起。你就那么呆呆地看着苏末，几次想说话，都说不出来。

苏末又开始一日三餐给你送，煲汤都不会重样。算算日子，你爸妈来的那天，是第七天，一转眼都送了七天，你汤都喝了，话一句不说，喝完就闭上眼睛，苏末看看你，就走了。那天苏末正要出门，门铃响了，我打开门，看到你爸爸。

你爸爸拨开我冲进屋子，怒气冲冲地盯着你，你妈妈跟着进来，看到床头柜上的药，愣了半天，终于哭了出来，扑到你身上，抱着你捶打了你几下，又哭着亲你。你爸爸转身盯着苏末，苏末低着头喊叔叔。你爸爸扬起手给了苏末两巴掌，你清醒了一般喊着爸别打了，你别打他。

你走了，那么混乱，咱俩也没说个再见，你最后看见的苏末也是蓬头垢面。你妈妈抱着你哭了半天，你爸爸抽了一盒烟。你妈妈抱着你，说宝贝我们回家吧，你沉默了半天，最终还是点点头。苏末扑通一声跪下去，对你说我对不起你，我知道错了……话还没说完，你爸爸就把我的闹钟砸向了苏末。

你躺在妈妈的怀里，看着苏末，说，别道歉了，我知道你要说什么，我一直以为这世上的事情都是分对错的，可是现在才知道，这么多人这么多事，哪能是对和错这么简单的事情，我们之间的事情，也没有谁对谁错，我想要回家了，你也好好过。

曾经苏末说要给你一个家，可是你现在要回的家，是苏末再也不能到达的地方。

你说的时候，眼泪都断了线，声音荒凉得像是在念悼词，苏末握着床沿，低着头鼻涕眼泪掉了一地。

你还是走了。走之前，你给苏末说，没有谁对谁错，各有各的难处，就此别过，以后好好生活。五年时间，缘起缘灭散了多少人来人往，造化真残忍，明明不让你们到最后，却给你们一个好开头。你走得干脆利落，就只有这么短短的一些话。想起你多日喝着苏末煲的汤欲言又止，怕也不是无话可说，是无从说起吧。你们没有抱头痛哭，没有回忆往昔，没有不舍依依，就静默地走了，而我的屋子里，还留着我们二十岁那年你买的整盒的蝴蝶结。

相爱的时候比谁都用力，离别的时候比谁都决绝，不亏欠感情，不愧对往事，不连累未来。我看着你们那么认真那么用力地相爱，最后绝望地再见，突然就明白了，人生不可能如初见，不是拥抱就是亏欠，谁都不比谁勇敢，只是结局肝肠寸断，后来纵然不甘，纵然抱憾，也只能叹一口气，说一声再见。

那天你们都哭成了泪人，我想起你们认识的那天，我说爱情好像辣椒，都能让人涨红了脸，是啊，好像辣椒，还能让人红了眼。

青春里的爱情多么坚强，足以背弃全世界和你一无所有浪迹远方，可是青春里的爱情又多么脆弱，像是悬崖边的骨牌，轻轻一碰就一盘散沙并且尸骨无存。谁又不在青春里奋不顾身地爱上又慌乱无奈地离场，我们都只是爱情里的初学者，在人生的长路上，刚刚开始跋涉。你就走吧，远走吧，不要回头遥望，别再挂肚牵肠。

你走了很多天了，自从你走后，我就没有你的消息了，我突然想起你曾经在做手术的单子上写过一句话：爱让我无惧无畏，也让我无路可退。

爱情迷信说

“可是我要结婚了。”边缘看着信息发送成功，看着镜子里穿着婚纱的自己。从一百四十多斤瘦到九十斤也算是收获，就当那场四年的婚姻是个减肥馆好了，一样都是挫骨扬灰的疼痛，一样都是破茧成蝶的蜕变。

边缘是我远房的姐姐，她话不多，跟家族里的很多孩子都不熟悉，因为和我家住得较近，在长大后可以说悄悄话的年龄里才渐渐熟络起来。很多人说边缘的名字好听，然而边缘并不喜欢自己的名字，她说边缘不好，总是入不了心。那时候的边缘是个胖子，是个老实又自卑的胖子，160 多斤的体重永远买不到合适的衣服，常年穿着灰色或者黑色的男装，我的两条腿都能塞进边缘的牛仔裤腿里。23 岁的她嫁给于浩，她穿着白婚纱显得壮硕无比，婚礼的司仪使出了全身解数也无法让婚礼看起来幸福和甜蜜，没什么人为这场婚礼动容。

边缘和于浩是相亲认识的，边缘就是那种发育缓慢的姑娘，没有谈过恋爱，没有搞过暧昧，和自己全身的脂肪为伴过了人生的前 23 年。边缘告诉我结婚的消息时我吓了一大跳，我问她，你都没有了解他，你敢嫁吗？边缘搓着手一脸迷茫，她说，家人说于浩知根知底，人乖也老实，过日子挺好的。然后我就看着她在认识于浩的第 24 天穿上了婚纱站在了于浩的对面，成了于浩的妻子。

边缘一头扎进婚姻里，每天认真地擦地、做饭，等于浩。于浩下班回到家，换衣服，对着手机吃饭，吝啬到宁愿对着贪吃蛇作乐也不愿和边缘多说几句。边缘向娘家哭诉，父母说既然结婚了，就先试试，你们还年轻，要学着包容和理解。边缘懵懵懂懂，虽然委屈，但也听了老人的话，她得试试，这一试就是四年。

边缘对我说，多少次她回想起自己和于浩的四年婚姻都会可怜自己，四年的中药和一沓诊断书让那段日子阴暗无比。我想想，也是，这姑娘的婚姻是遭大罪了。从婚礼后的第二天，婆婆就端来一碗黑乎乎的草药让边缘喝下，边缘想着人老了急着抱孙子，也可以理解，谁知道这草药喝了一年，肚子还是没有动静。婆婆的催促越来越紧，终于将边缘拉进了不孕不育医院，在看起来冷漠又麻木的中年男医生面前，边缘死活都说不出夫妻生活的细节作为医生诊断的依据，医生大概是见惯了求子心切却无处投医的女子，看她的眼神仿佛看着一只热锅上的蚂蚁。边缘想起自己那段无望的日子，细细回想，那个时候期待的并不是一个新生的婴儿。男人的性和爱可以分开来说，大多数的女人却不同，和一个几乎陌生的人孕育孩子，她并没有那么多的期待。她说，大概只是这传统老旧的思想控制了我，既已嫁为人妻，总要为他生儿育女，心想着或许有了孩子，我能少些寂寞。

于浩不多话，任由婆婆拉着边缘在家和医院之间来回，边缘吃一大把一大把的西药，又喝一整碗一整碗的中药，打嗝都是一股药味，身上也透着中药难闻的味道，一年多时间，边缘骤然瘦了下来。那是自边缘结婚后我第一次见她，人瘦了下来，看起来体重算是正常，只是脸被黑眼圈占了大半，脸像是被打了蜡，老了很多岁的样子。她跟我说了很多，比如每周雷打不动地去一趟医院受一次痛，比如于浩的冷眼冷语，比如婆婆总是偷偷地翻她衣柜里的嫁妆。边缘提起她一次次地进医院，眼睛里全是泪花。我问边缘你接下来怎么办，边缘只管含着泪摇头。她说她想开个卖衣服的小店，这样就能出去，不用每天在家里看人脸色。我看着边缘一脸胆小怯懦的样子，想着开一间店哪里是那么简单的事情，就没有再接话。

第二次和边缘见面，边缘已经开好了服装店，我惊诧于她小宇宙能量的爆发，赶忙去她的店里看她。她自己出了三万，婆家给了两万，五万块钱开起的小店不大，衣服不多，但看得出来，每一件衣服都是边缘仔细挑选过的，她拉着我给我一一地说着店里一件件的小摆设，不起眼的小花都是她千挑万选的用心。她看上去对小店充满信心，精神头十足，只是她愈发地瘦了。问起她的身体，她说，唉，也不知道那个时候为什么总那么羡慕瘦子，现在剩下不到八十斤了，走路时腰都没有力气了。那时的她，还不足我们一起说悄悄话时她一半的重量，两边的脸都陷了下去，看起来有些畸形，好在我那天见她，她正为了小店的开张心情大好，精神看起来不错。只是身上还是有淡淡的草药味，虽然她涂了香水，但还是可以闻出细微的气味。

边缘开了服装店之后，认识了很多朋友，比如隔壁卖首饰的小姐妹，来店里买衣服的小姑娘。，精神头一天比一天好了，人也不似以前那般懦弱胆小，总是忙着奔波于供货商和小店之间，婆婆催着去医院检查身体的时候，她大着胆子推脱，后来义正词严地拒绝，只是晚上回去还得喝一碗中药。有了小店之后就很少去关注于浩了，边缘有时候会问我，我在这段婚姻里是不是只是充当了一个生孩子的工具?

那次边缘去外地进货，大包小包地扛着批发的衣服在陌生的城市里来来回回整整十天，她疲累时翻看一下手机，空空的。她看着车水马龙的街道给我发信息说，如果我死在这个陌生的城市里，都不会有人发现吧。那十天里，于浩没有一个电话，没有一条短信，催着她天天吃药的婆婆也未曾有一句的问候。边缘奔波十天之后回到家里，冰锅冷灶，于浩在黑黑的房子里对着发亮的手机屏幕玩着游戏，对边缘消失的十天不闻不问。边缘一声不吭地拖着疲乏的身子去厨房里给自己做了一碗面，这碗面，吃得苦不堪言。

边缘跟我说过，对一个人死心大多都是在一瞬间的，之前的种种磨掉了你的脾性，剩下的就只有死心。绝望和放手都有一个共同的特点，就是悄无声息。边缘就是在那个吃了一碗面，累到全身酸痛却一夜无眠的深夜里对这段荒唐的婚姻彻底放弃的。她说她本来只是想把自己嫁掉，想着好好过日子，可是她不知道他们为什么这么对她，有时候恨不得大家打一架，可是于浩只是冷着她，这冷暴力都快把她逼疯了。在婆婆又端着难闻的草药给边缘时，边缘说她不要再吃任何药了。面对婆婆的大吵大闹还有于浩指责又嫌弃的眼神，边缘心里阵阵的冷笑都吓到了自己。婆婆大骂边缘没用，不能生孩子，叫嚣着要于浩和边缘离婚。边缘想起医生曾经建议让她带着丈夫去医院检查，边缘说，我们去医院吧，于浩也去。生孩子是两个人的事情，我们两个人都去检查吧。婆婆面露难色，于浩转身就走，边缘突然就起了疑虑。

两个月的冷战，于浩终于答应了去医院检查，结果出来时医生告知于浩，是于浩不能生育，边缘并没有在于浩的脸上看到惊讶和不可置信，边缘突然就对着于浩笑了，笑出了一脸的眼泪。后来边缘跟我说，那一刻她觉得自己傻，也恨于浩，恨于浩一家人，恨不得杀了他们，整整四年的冷言冷语和医院里那些折磨人快疯掉的检查，都只是一场阴谋。

边缘提出离婚的时候，于浩一家人诧异地问她是不是疯了，边缘说我什么都不要，你家里一分一毫我都不拿，我只求我能和你们一家人分开。离婚闹了四个月，差点要上法庭，好在还是离了。于浩的母亲去边缘家闹过多次，最初的祈求挽留，最后的威胁恐吓，好在边缘的父母再也没有糊涂。记得边缘把一件件的事情全部说给母亲听时，边缘没哭，母亲哭得上气不接下气。于浩的母亲日日去边缘的小店闹，边缘盘了小店，还将最初开店时于浩给的两万块钱还给了于浩，断了个干脆利落，我都觉得边缘好像不是我认识的那个边缘了。

生活会给我们出其不意的灾难，但是说来也公平，有时候也会给我们一些从天而降的惊喜，让我们对这个世界无法十分爱恋，却也无法憎恨。边缘结婚了，身形纤瘦，眉眼欢笑。边缘的再婚让我相信缘分，有时候我在想，可能爱情并不那么苦，只是我们没有遇到对的人。

离婚后的边缘抑郁消沉，三个月未出家门，整日吃了睡睡了吃，但无法吃好也睡不安稳。我敲开边缘的门，看到边缘人不人鬼不鬼，也是，再怎么大度也不可能不在乎，人前是潇洒，人后是重生。

过了两个月，家里的亲戚安排给边缘相亲，边缘推脱了一次又一次，终于扛不住了，就去了。迟到半小时的边缘出现在咖啡馆里时，陈磊并没有恼怒，还开着玩笑对边缘说，你是不是也是被家人逼来的?

陈磊 35 岁，大边缘 7 岁，离婚已经有八年了，因为创业时前妻出轨，对爱情信心全无。陈磊创业成功跻身小老板的行业，房子车子全齐了，七大姑八大姨争先恐后地给陈磊介绍对象，有与陈磊一样离异的，也不乏刚毕业二十岁出头的小姑娘，可是陈磊能躲的就躲，躲不过的也直说无意，总之几年下来，陈磊还是单身，直到遇到了边缘。

陈磊对边缘的追求猛烈又疯狂，受到宠爱的边缘一度觉得陈磊是一个有病的人，总觉得陈磊是不是另有所图。边缘骂陈磊你是不是有病啊，我这样的离异少妇你都看得上。陈磊就说，你看咱俩都二婚，可真巧。陈磊第一次给边缘送花，送了一大捧，边缘抱着花都看不见人在哪里。她回到家扔下花慌慌张张地打电话问我该怎么办，我说你不如和他恋爱试试。边缘说，我也没谈过恋爱，我不会啊。我说那你就去学！

边缘的恋爱来得太迟却很到位，两个人一起吃饭、看电影、旅游、逛街，短短两个月，边缘从一个面黄肌瘦的蜡人一天天变得光彩照人。不得不说爱情的力量真是伟大，边缘变得外向又自信，用她的话说，她以前都不知道人生可以这样活。陈磊对边缘的宠爱真的让人羡慕又嫉妒，他像一个大男孩一样，高调秀恩爱，也能在深夜因为边缘的一句话就穿过半个城市做一次送餐员，他能记得住边缘漫不经心说出的所有话语，也会爱屋及乌地对边缘所有的朋友亲切和善，帮着边缘打理人际关系，两个月内能给边缘换两个亮晶晶的戒指。说句世俗的话，好像这样的好男人怎么算都轮不到边缘的样子。

“我一直不对爱情抱有幻想，受过一次伤后更是畏惧退缩。”边缘对着心灰意冷的我说，“其实人生真的不用着急，说不准哪天就有瞎了眼的看上你了，人和人的相遇有时候真的要看缘分。”我想也是，陈磊和边缘，两个受过伤的人在一起如此幸福，看起来不可思议却也理所当然，或许上苍给你好的之前总得让你受一些苦，这样才会学会珍惜。

边缘嫁给陈磊的那天，她第二次穿上婚纱。全场的人叫着亲一个亲一个，我想，这大概就是对的人，合适的时间遇到了相互契合和吸引的人，觉得以前受的伤和委屈都变得不值一提，他让你变得更好，让你自信，也让你相信这个世界的美好。

我总说我对爱情绝望，此生再也不会爱上谁，可是每次见边缘，都会动摇。其实心里还是期待，期待自己能苦尽甘来，磨难过后也能遇到一个温暖的人，给我一个拥抱让我有个依靠。

我想可能不是每个人都那么幸运，大多数的人人生之路都是风雨交加，坎坷艰险，其实说不定也只是人生路上的一段。阴天过去了，天就晴了，世上可能就有一个人，他等了好久就为了你穿过风雨，然后他就会温暖你。

那天边缘嫁给陈磊的样子我到现在还记得清楚，那种笑容大概就是爱情。我没有经历过美好的爱情，可是不代表这世上没有爱情。

是谁说的，爱情就像是迷信，可能遇到鬼魅，也会遇到神佛，可是总得信一些，信着才有可能遇到那个温暖你的人啊。

有些爱情比生活还艰难

母亲说，你水姨嫁人了。我想了想，我已经有十多年没有见过水姨了。

水姨是我一个远房的姨姨，今年三十三四岁吧。水姨小时候是在镇子上长大的，那个时候我姥姥姥爷还在镇上，我每年暑假都去姥爷家，水姨每次见了我都很疼我，给我去树上敲打最大的杏子。

水姨那个时候不算漂亮的姑娘，但是全镇的人都很喜欢她，因为水姨性格很好，人很善良。水姨初嫁的时候，我不在，而且已经很久没有见过水姨了。和镇上的其他忙着相亲的姑娘不一样，水姨自由恋爱，嫁给了自己的心上人，现在都还有老乡能回想起水姨结婚的日子。因为一个优秀、会持家、脾气又好的姑娘招镇上的老人们喜欢，所以初嫁那天，镇上很久没有过的热闹，乡亲们都是带着诚心的祝福来恭喜两位新人。

水姨很争气，姨父也很上进，婚后两人两手空空地来了市里，日子慢慢地开始红火，中间的辛酸和甜蜜我们外人不得而知。

水姨生了两个宝宝，攒的钱够在城里买个房子付个首付，就在准备买房子的时候，姨父夫突然中风，瘫痪不起，脑子时而清醒时而糊涂。水姨带着上小学的孩子，拿着医院下发的催缴单哭得绝望又无助。

为了给姨父治病，水姨花光了买房的钱，欠下了近十万的债，所有的亲戚都在提起水姨一家的时候深表同情。亲戚中没什么大富大贵的人家，能帮的，只能换着带带孩子，帮衬点家里的生活必需品，在乡下的，就在每年秋收的时候拿点粮食。

那个时候的水姨，圆润的脸凹下去成了一团有关生活的旋涡，连姨父家的长辈也说放弃吧，可水姨还在笑，没办法，我总不能看着他那么走吧。

现在水姨改嫁了。

其实按照世俗来说，水姨带着两个孩子，欠着十来万的债，怕是没有人再娶了吧。

水姨遇到的男人也不是大富大贵，长得文质彬彬，他还完了水姨给姨父看病欠下的债。在水姨和姨父离婚的时候，给了姨夫五万块，把姨父夫送到了乡下能照顾姨父的亲戚家，将两个孩子安顿好了学校，跟水姨说，咱们好好过日子，过好了，还能帮帮他。

水姨在送姨父走的时候，姨父脑子清醒了一会。看到水姨哭，姨父说别哭了，我照顾不了你，还好都有积德，遇到个贵人能帮我照顾你，我这辈子没什么用，拖累你这么好几年，你赶紧走吧，再别回头看了，去了好好过日子，我这辈子欠你的，下辈子还。

水姨走的时候哭了一路，从此绝口不提姨父。

我去见水姨的时候，水姨正在做饭，两个孩子叫着男人爸爸围着男人玩，新生的小宝宝在卧室里睡得很香甜。

我问水姨，你去看过姨父吗，水姨说，还有什么好看的，我帮不了他，也得放下他，再看他，他心里更难受。

我问水姨，你爱这个男人吗?

水姨说，大概是爱的吧，害怕的时候找他，难过的时候找他，家里的灯泡坏了找他，大概是爱吧，可是再也没有当初遇到你姨父时那种心从嗓子眼蹦出来的心动了。

水姨把饭盛碗里，往桌上放，房子普普通通简简单单，可是饭菜的味道和两个孩子的笑声充满着每个角落，觉得简单的小屋子也挺富丽堂皇的。

水姨摆着碗筷说，爱情比生活难多了，生活有钱挡着，可是有些爱情，是生活挡着。

别再给我安稳或是自由，余生我有我的烈酒

百合，如果你从我这里看到自己的故事，会不会发觉才这么多年，时光累积磕磕绊绊，是怎么改变了你，会不会看到自己多年的辛苦都化成辛酸，而湿了眼眶。

如今你浓妆艳抹地武装自己，叼着烟在人群中说着轻佻的话，一身红裙缀着妖娆的蕾丝在灯光艳舞中周旋，你还会不会想起那的时年少，你说爱情是你的信仰。

我们认识的时候，你我都奔着十九岁。你说你叫百合，你穿着白色的裙子，那年的郁金香都不如你好看。我们在火红的玫瑰园里，你捧着玫瑰花瓣说，玫瑰真好看，做一支玫瑰多好啊。我说玫瑰有刺啊，小心扎手。你说，你看玫瑰这么好看，一定要有刺保护自己啊。我说小心伤到你啊。你看着我笑，手指伸出来小心翼翼地摸了摸玫瑰的刺，说，玫瑰真是奇怪啊，这么好看，却不让人拥抱。

你当年那么喜欢玫瑰，现在却真成了一枝满身是刺的玫瑰，在所有的梦想成真里，你真让我觉得悲伤。

那年，你爱上了一个浪子。

后来很多次，我想起那年春天，刚下过春雨，天气还有些寒凉。如果没有后来的那首《故乡》，也不过是一次闲逛，就像多少次我们漫无目的地走在那条充满古香的小巷，你纠结着在糖人面前不知道该选哪个。可是那天，街角的巷子里传来歌声，干净又清澈的声音不同于许巍略有的苍凉，唱着“我站在这里想起和你曾经离别情景，你站在人群中间那么孤单……”你拉着我循歌声传来的地方，脚踩在碎石铺成的地板上奔跑，长发飘起来伴着你带着点好奇的喘气声，风吹过来，你的裙角扬起，白色的纱扬在空中像是飘落的百合。

你在一家酒吧门前站定，从木质的窗户里看见了少年模样的阿晨，他穿着牛仔外套，抱着木吉他在麦克风前唱着。你盯着他，小声跟着阿晨的声音哼着歌，眼睛呆呆地盯着阿晨。阿晨唱完歌，竟然朝着我们挥了挥手，你左右环顾了一下，招摇着大眼睛惊喜地小声说，他在叫我们哎。你从来不喜欢别人叫你，就如同大学里的自我介绍，你站在大家都注视的地方，说了两句话就开始紧张得结巴，男生起了哄，你的脸就红到了脖子耳朵，像是秋日里熟透了的柿子；你的座位从来都是在角落里，老师叫你回答问题，你站起来总是唯唯诺诺的，即使回答对了，声音也不大，老师得叫你重复好多遍；遇到男生表白，你的一句拒绝都能让自己愧疚好几天……可是那天你多大的胆量，却能拉着我的手冲进那家酒吧。

阿晨走过来，询问着点单，你看着单子上各种名字的啤酒，有点不知所措。阿晨说，喝茶吧，免得你们喝多了回不了学校。你双眼亮晶晶的，问，你怎么知道我们是学生？阿晨笑起来，眼睫毛长得像把刷子，说，算出来的呀。阿晨拿着单子转身走了，你趴在桌上凑着脑袋到我耳边，说，你看那个男生的眼睛，像个毛茸茸的月亮哎。

从此，你每个周末都拉着我去阿晨在的那家酒吧，他唱歌，许巍的歌一首一首的都是他唱给你听的，你就坐在他右边的凳子上喝着清茶看着他，一看就是一整天。后来的我们从这个爱人转身连眼泪都来不及流就投奔下一个爱人的怀抱，当所谓的爱情像是一顿又一顿的快餐时，我想起那时你在角落里看阿晨，青春里有的是时间浪费在爱情里，我想，为了爱情而消耗的时光，只有在青春里才能不被人耻笑为不务正业吧。

酒吧里白天人少，有一次，酒吧里除了我们空无一人，阿晨弹着琴将许巍的《故乡》唱了三遍，然后向目不转睛盯着他的你招招手，你用眼神询问地看着他，阿晨微笑着点点头，你急忙站起来奔向他，都来不及和坐在对面的我打个招呼。你和阿晨说了什么，然后你转身拿起麦克风。阿晨弹琴的时候你唱起歌，明明许巍笔下那么伤感又沧桑的歌，你愣是用小女孩单纯的声音唱出了甜蜜和希望。你和阿晨对视着，阿晨淡淡地拨着琴弦，不知道你是害怕唱错还是想鼓起勇气多看他两眼，你一直盯着阿晨的眼睛，人不多的酒吧里，在所有陈旧的摆设中，你们两个像是被阳光照耀的油画，你唱“那时你衣裙漫飞，那时你，容颜娇艳……”

那天你试探着摸摸阿晨的木吉他，阿晨说你试着拨一拨啊，你伸出指头弯着腰，拨了一下一弦，轻轻的声音像是少女的心弦勾人心魄。你抬起头说真好听，阿晨笑了笑，拨了六弦，吉他发出低沉又厚重的呢喃，说，我喜欢这个声音。你没有再说话，和阿晨对着眼睛，两个人开始发笑。阿晨说，百合你要不要跟我学吉他？你愣了愣，转身还对我睁大眼睛表示开心，又对着阿晨很夸张地点头。那天阿晨握着你的手教你拨动琴弦，你害羞得耳朵都悄悄泛红，可是一点也没有退缩，就像你爱上阿晨一样不可思议。

那时我还不懂，为什么人会突然勇敢，会突然改变。后来我爱也上了一个冷漠的人，为他的冷漠吃尽了苦头，我才知道，爱就是甘愿——甘愿放弃，甘愿妥协，甘愿勇敢，甘愿付出。

那时你问阿晨，你这么喜欢《故乡》，是因为想家吗？阿晨说，没有去过远方，又怎么会留恋家乡。那是阿晨辗转的第六年，他已经踏过了十七座城市。

你抱着吉他学会了许巍的很多歌，手指磨了厚厚的一层茧，在宿舍里曾经忍着疼按琴弦，疼得你两只眼睛都流眼泪，手上起了血泡，乌青乌青的，你就拿指甲刀剪破了，包上创可贴，愣是用三个月的时间就学会了吉他。你从一个唱着酸涩情歌的小女生，长成一个可以抱着吉他在酒吧的舞台上唱简单民谣的小文青。酒吧的老板看到你来之后，经常会让你和阿晨合奏，你们还是唱许巍，阿晨弹琴你唱歌，从《我的秋天》唱到《曾经的你》，到《时光》和《蓝莲花》，唱少年，唱自由，唱远方，可最爱的还是你们最初相识时唱的《故乡》。那时你们在酒吧，你还是穿白色的裙子，可是偶尔你会套上阿晨的牛仔外套。阿晨宽大的外套加在你身上，好像你也是一个向往远方的浪子。

我曾跟你说过，阿晨是个浪子，总有一天会走的，我怕你留不住他。你说，唱着《故乡》的人怎么会是浪子呢？他只是在找家而已，我想给他一个家。一向理智矜持的你，主动和向阿晨告白，你抱着吉他跟阿晨唱《礼物》，那时你已经学会了用拨片，六根琴弦你已经不用紧盯着就可以弹出很好听的旋律。阿晨看着你，很久之后摸了摸你的头说，百合，我要走的，我想要去很远的地方，走很多的路。你抱着吉他低着头，像受了伤的小狗。你说，阿晨，没有办法让你留下来吗？阿晨说，我还有我想要去寻找的东西，我不能停。

你说，如果是爱情呢？爱情也不能让你停一停吗？

阿晨说，我喜欢过一些人，可是没有人能让我爱到放弃远方。

那我可以试一试，我想做你的故乡，毕业后陪你流浪。

你不怕我最后一无所有什么都给不了你吗？

你笑了笑，说，我不怕。

阿晨轻轻拥住你。你说，你让我试一试吧。阿晨没有说话，轻轻拥着你很久，放开你，说，百合，我在你身边的日子里，我会照顾你，如果有一天我走了，你记得要忘了我。你看着阿晨的眼睛，开心地点点头。

你跟我说，阿晨是想念故乡的浪子，不是游走四方的浪子，你要努力成为阿晨的故乡。你每天都穿着阿晨的牛仔外套，白色的裙角在牛仔外套下再也没有飘扬。你们一起弹琴唱歌，在晚上的时候骑着摩托在无人的街头狂吼。你变得越来越像阿晨，或许是那件牛仔外套上有阿晨的味道，就像泡菜，你被阿晨的调料腌入了阿晨的味道。你开始喜欢看着远方，风吹过来漫在你的眼前，你一天天地快乐着。只是一个人的时候，眼里就溢出不安和担忧。

阿晨最终还是走了，你好像有预感。我们一起上课的时候你心神不宁，你发来信息，说我好不安。那天你冲进酒吧，阿晨常坐的唱座空空的。酒吧的老板走过来，拿着阿晨的吉他，递到你手里，说，百合，阿晨留给你的。你不可置信地看着酒吧的大胡子老板，看着看着豆大的泪珠就猝不及防地往下掉，砸在地上照得一把吉他都碎成好几片。你抱着那把木吉他，身上还裹着阿晨的牛仔外套，他走了，去寻找他想要追随的自由和远方，没有一句话。

那天酒吧人很少，新招来的歌手不弹吉他，弹电子琴。像个雕塑一样呆了一下午的你，在音乐响起时抬起头看着新来的歌手唱着不熟悉的旋律，你站起身走到台上，推开新来的歌手，抱起吉他调琴弦，然后唱了一首《故乡》，你唱“我站在这里想起和你曾经离别情景，你站在人群中间那么孤单”，我都不知道你在唱阿晨还是在唱你。你唱完之后在台上愣了很久，拿起吉他砸向右边阿晨经常靠着的墙，木吉他被摔成碎片，琴弦碰撞发出杂乱的音律，像是在哭一样，声音持续了很久。然后你一步步走出酒吧，像是在告别，每一步都走得很慢很踏实，头都不回。

回去之后，你整日上课下课，话也少了。你看啊，阿晨这个人，他出现的时候，把你变得开心得像个不知疲惫的小丑，他一走，你就落寞得像只小狗。爱情真是让人脱胎换骨地改变，你像个没有魂魄的幽灵，他明明是个浪子，怎么像是带走了你的归宿。你在某天深夜惊醒，去卫生间捂着嘴哭，我找到你，你唯一一次在我面前失态。你问我，远方就真的那么好，自由就真的那么重要？我可以和他去流浪，他为什么不等等我？

后来的你，再也没动过吉他，也再没穿过阿晨留下来的那件外套，你把自己的吉他放在一个角落里，慢慢地蒙上了灰，阿晨的牛仔外套你压在了衣柜的底层，再也没有拿出来过。你开始抽烟，抽得很厉害，有时候你睡不着，一晚上能抽完一整盒。后来你跟我说，原来浪子真的不能爱，向往远方的人又怎么会因为爱情停留。可是那次你喝多了，迷迷糊糊地问我，如果我一直等，他会不会回来？

可是你没有再等，好像是过了三个多月吧，从大一开始追你追了两年多的学长阿志给你表白，你想了想，点点头。可能是阿晨太缥缈了，他的远方你无法理解，他的自由你无法追求，所以选择和阿志在一起。阿志是个好男人吧，在他最初爱你的时候。

阿志和阿晨不一样，他是有着很浓重生活气息的男人，关心的东西都靠近你的生活，告诉你每天的天气，提醒你会不会下雨，快要考试的时候督促你复习，你不会的试卷他给你一道道地讲解，他会努力地分析就业形势，为了拿到更多的 offer 四处奔走。他很努力，很接地气，不会给你描绘未来的大富大贵，却给你许下了一个未来，将所有的以后都和你挂在一起，把你呵护得像个公主。可是我没有再从你的脸上看到像当初阿晨给你的笑容。那时的你好像一阵风，白色的裙子飘扬在风中的时候，就真的像是一朵盛开的百合花，安静却又阳光地向这个世界挥舞着，摇曳着。和阿志在一起的你，好像所有的一切都成了例行公事，对于阿志的情话你礼貌地回应，对于阿志的关心你还要加一句谢谢，后来你们分开时，我清楚地记得你冷漠的脸和阿志满脸的泪，他对你说，百合，我努力了这么久，一心想要感动你，可你就像一块石头，我怎么捂都捂不化。

所以其实爱情里，你爱对方或者不爱对方，根本无须你去告诉他，爱情里的细枝末节，其实你们都心知肚明。你对阿志也很好，像一个完美的女朋友。对阿志温柔体贴，对他的朋友友爱亲和，你从来不会对阿志撒娇，也从来不会因为小事耍小脾气。后来你毕业了，阿志换了大一些的房子，你也学着洗衣做饭，等因为应酬晚回家的阿志。人人都说阿志找了个好女友，温柔贤惠、大气漂亮，可是我知道，你还会想起那个在自由和爱情之间舍弃了你的少年阿晨，而所谓的阿志的百分女友，大概也只是爱情不够浓，对于自由的惧怕选择了最接地气的安稳，你知道追逐自由的浪子有多累，你怕自己没有能力留住向往远方的少年，就妥协于眼前的安稳。

但是你开始变得像阿志了，爱情是互相影响的气味吧，靠近谁就像谁。当你围起围裙打电话问阿志要吃什么的时候，那种恬淡自然的笑，我就想，你应该是爱上他了。我问你，你爱不爱阿志？从阿晨离开之后，我们就没有再谈论爱情了，但是那次我问你，你笑着说，阿志很好。爱情没有说出口，却像是你身上的香水，连周围的空气都是甜的。你如同阿志一样，开始关心每天的天气，关心晚饭的菜单，喜欢在周末的时候去公园里遛弯，想要勾画一个未来。我一度以为你会和阿志在一起，你越来越让阿志安心了，渐渐学会了撒娇，抱怨他晚上应酬太多，回家太晚，你们一起去选房子准备结婚，你和阿志逛遍了能买得起的小区，千挑万选就只为给阿志选一个阳光照满的书房。那时的你们就是别人眼中百分百的恋人，可是你们没有在一起。

你认识阿志的时候，阿志爱上了你，你爱上阿志的时候，阿志却累了。

你无意间看到阿志手机上弹出来的信息，“我想你”三个字刺了你的眼睛，后面跳跃的可爱的红心像是一颗炸弹，把你所拥有的安静炸得粉碎。你拿着手机问阿志，阿志低着头不说话。你转身出去，我陪着你在午夜的街头漫无目的地逛了一整夜，阿志的电话也打了一整夜，你不关机，也不接听，到最后电话没电了。天亮的时候，你回家，阿志也失魂落魄地在家，烟灰缸里全是烟头。你问阿志，她是谁？阿志说，同事。你沉默了好半天，问，你们睡了吗？阿志不说话，一直低着头。你在原地站了很久，好像是忘记了接下来该有的动作。阿志突然跪下来，说，百合，我犯了混，你原谅我好不好？你双眼迷茫地低头看阿志，你问阿志，你不是爱我吗？你不是要和我结婚的吗？你这样，我还怎么嫁给你？阿志颓丧地坐在地上，很久才说，百合，我们在一起已经四年了，我都不知道你爱不爱我，我追了你很多年，我都不知道我什么时候能让你忘了阿晨。这些年我很累，我生怕我一个不小心你就走了，离开我，就像当初阿晨离开你一样。你看着阿志，在听到阿晨的名字后，瞬间眼泪就下来了。这是这么多年，你第一次从阿志嘴里听到阿晨的名字，你努力地让呼吸平静下来，擦干眼泪，说，这就是你背叛我的理由吗？阿志站起来，想拉你的手，你很快速地躲开，阿志的双手尴尬地在空中愣了愣，又收了回去。说，百合，能不能看在我这些年认真对你的份儿上，原谅我一次？我保证这是最后一次。你不看阿志，也不说话，阿志等你的话等了很久，等到自己泪如雨下。说，百合，这么些年我一直想捂热你，可是我捂不热，你对我永远都是礼让三分理智清醒，我一个人努力撑了这么些年，一直想让你爱上我，我以为你从来都不曾在意我是否在你身边……你说，阿志你现在还爱我吗？阿志抬头看着你，眼睛里还有惊喜的样子，急忙忙地点点头。你沉默了半天，像是做了一个重大决定一样。说，我饿了，我们吃饭吧。阿志眼睛里死灰的灯突然亮了起来，满口答应着，说你等等，我去做饭。

阿志乒乒乓乓地在厨房里忙活，你窝在沙发上面无表情地发呆。我问你，你真的不在意吗？你说，在意，可是我好累，不想再爱什么人了。你拿起桌上的烟，点燃。那时你已经很久没抽烟了，可是自从那支烟后，你就再没有断过了。你们要去领证前的一个周末，你忙着选婚纱订酒席，阿志约你到餐厅吃饭。阿志说，百合，她怀孕了。你咬着牛排愣了愣，继而像是没有听见一样，一言不发地将眼前的食物细嚼慢咽地吃完，拿起桌上的红酒喝了一口，问，那我们结不成了吧？阿志攥着手指摸着桌上的桌布，说，我知道很过分，我们的婚礼能不能推迟？你看着阿志，突然觉得开始不认识这个人。你第一次认真地回想和阿志最初的相识，他小心翼翼地在你的周围照顾着你，就算在你为了阿晨的离去心灰意冷的时候，眼前的这个男人像是不知道阿晨存在一样，日复一日不嫌麻烦地跟在你身边，好像不知道累一样，生活里的琐碎他比你都考虑得周到。后来恋爱了，他像是时刻担心你会离开一样，永远都做出想要紧紧抓住你的样子，紧紧抓住，却不敢用力，像是怕困住你，弄疼你。

而就是这样一个人，像空气一样围在你的周围，渗入到你的血液和骨髓中，在不知不觉间他变得如此重要，爱情变成像是吃饭睡觉一样平常的事情。你以为你要忘记了去远方流浪的阿晨，能和阿志温柔地过这平凡的余生，可是怎么像是一场梦，一场让你分不清是现实还是虚幻的梦，那些美好在一瞬间全部土崩瓦解，原来渗入骨髓般如同血液一样的爱情，不是期待中平凡里的浪漫，而是如同垃圾场里无人问津的糟糠。

你拒绝了阿志的相送，淋着大雨来找我，脸上的水滴像是另一片阴天，不知道是水还是泪。可能是走的路多，可能是你太累，你进门就直接坐到地上，我扶你起来，你说，别动我，让我待一会儿，就一会会儿。你趴在地上，身上的水在地板上留下你无力蜷缩着的样子。八月的天气多雨，转凉，你手触摸着冰凉的地板，问，古人是不是说错了，人之初，是该性本贱啊。

和阿志的分手，你平静得像是没有发生任何事情一样，照样地上班下班，照样的洗衣做饭。你从阿志那里搬出来的时候，阿志拉住你，你没有挣开那只手，却也没有回头，你们两个僵在门口很久，最后阿志默默地放开你，你连句再见也没有说，一秒钟都没有停留，就拖着最后的一箱行李出了门。我不知道你离开的那漫长的一截路里你有没有掉眼泪，你坐在出租车的后座上，一言不发地望着窗外，我不敢说话，也不敢回头看你。那天我们在楼下搬行李，你硬撑着细胳膊细腿的将四个行李箱自己搬上了没有电梯的六楼。半途中有骑自行车的少年吹着口哨从身边掠过，滚动的车轮溅起水洼，泥水溅到了你穿着短裤的腿上，你转身破口大骂，你第一次对陌生人有意或是无意的伤害和冒犯这么敏感，第一次与人面红耳赤。你一直很瘦，瘦到睡不着的时候会数自己的肋骨玩，可是那天你架着自己瘦小的骨架与人争吵，像是一只正在努力学着自保和进攻的幼豹。我试图帮你往楼上搬行李，你压住我的手，说自己来。行李全部搬到楼上的时候，你的白色 T 恤上已经被箱子上的灰尘蹭得满是泥污，你转身脱掉 T 恤，擦了同样被泥污溅脏的腿，然后将那件白色 T 恤扔进了垃圾桶，然后翻出所有的白裙子，剪碎扔掉。

从那天之后，你就再也没有穿过白衣，我不知道你打理那些如同百合花一样的白衣白裙用了多久的时间，也不知道在我离开你之后的日子里，你怎样努力把自己全盘推翻又重新塑造，更不可能理解你在打碎自己的时候忍受了多少的苦痛，也体会不到你有多么的努力才把自己变成如今雷厉风行刀枪不入的样子，你是有多不安，才会让自己对着整个世界都立起堡垒。

时隔三年，你穿着一身妖艳的红裙来到我的面前，递给我某公司高管的名片，名片上的名字不是百合，是英文 Rose，我看着这个有些艳俗的名字，我说名字配不上你。我们去酒吧久坐叙旧，你浓厚的妆容让我多次怀疑眼前的不是百合，你抽着细长的香烟在昏暗的灯光里吞云吐雾，长长的假睫毛把眼睛里的所有情绪都掩盖得很精良，上翘的眼线将眼睛勾勒得像是一只狐狸，随意的一瞟就风情万种到让人觉得轻浮浪荡。我面对这样的我从来都不认识的百合，无从言及过往，你倒是比我坦荡，跟我说，我们分开这些年，你谈了很多恋爱，却再也没有爱上谁。隔壁几桌的男人纷纷伸来橄榄枝，你也逢场作戏地与他们谈笑风生，而在酒桌上的三言两语已经搞定了来出差时想要摸清的信息，转身那些男人又争着为你付了酒钱，留了电话。我看着你调笑，你已经不是百合了。在你看似轻佻的欢声笑语里，有着旁人无法接近也无法进攻的完美防守，游刃有余地利用这男性荷尔蒙发出的关于贪念和欲望的软肋，轻而易举拿到自己想要的东西，你再也不是当年在课堂上回答问题时都能红了脸的姑娘，再也不是为拒绝一个人的好意而心怀愧疚的姑娘，也再不会是能爱上谁的姑娘，也再不是还需要谁保护的姑娘。我想起十九岁的那年，我们在满是玫瑰的花圃里，你一身白衣站在火红的玫瑰中间，眼睛神奇地向往着玫瑰的妖艳，说，玫瑰好漂亮啊。

我问你，怎么现在如此会算计人心？你狠狠地抽了口烟，说，你觉得这世上有谁值得心疼吗？这个世界上最珍贵的东西永远都是得不到的，人们往往对握在手里的东西不屑一顾弃之如土。你说想起很多年前陈奕迅的一首老歌：“得不到的永远在骚动，被偏爱的都有恃无恐，玫瑰的红，容易受伤的梦，握在手中却流失于指缝……”我说，我喜欢原来的你，穿白衣服的百合。你愣了半天，举着手里的香烟，燃起的白烟经过你的眼，看起来像是一片雾。你说，最怕的是不喜欢过去的自己，也很讨厌现在的自己，可是我不想再回到以前的百合，一生依赖，一生无可依赖，在被动里等着被疼惜，疼着被伤害，而我此生，再也不允许谁来伤害我。隔了会儿，你又说，阿晨找过我。我问他找你干吗。你说，阿晨说要娶你回家。我等着你说话，你又续上一支烟，可我还能期待别人给我一个家吗？我只想自己给自己一张床和一床棉被。我们沉默了很久，我问你这样生活累不累，你低着头抽了两三根烟，却还是没有说一句话。

酒吧里响起了许巍的歌，2016年的春天。许巍再次开唱，他说生活不止眼前的苟且，还有诗和远方的田野。你听着听着，走到了酒吧的小歌台上，从一个瘦高的男孩手里笑着借了把吉他，酒吧里被酒精迷醉的男人们对着你吹起了口哨，你坐在木质的板凳上撩了撩波浪一样的卷发，唱起了认识阿晨那年的《故乡》，“天边夕阳再次映上我的脸庞，再次映着我那不安的心，这是什么地方依然是如此的荒凉，那无尽的旅程如此漫长……”

我们从酒吧出来，走在灯火辉煌的街头，身边车水马龙，擦得锃光瓦亮的车子在霓虹灯下折射出光亮。你背对着光，头发被快速擦过身边的车子扬起的风吹得四处飘扬，你长长地叹了口气，说，也不知道阿志是否在生活里苟且，也不知道阿晨是不是找到了诗和远方的田野，我在他们身上所期待过的安稳和自由，怎么到最后成了自己的一杯烈酒……

你曾说命途多舛几多坎坷，如今是否能在远方高歌?

如果不是清理电话本，我大概也不知道我下一次想起小茹会在什么时候，所以在一堆过往工作中随手记下的各种标记着经理、主管头衔却一点没有印象的电话中，小茹这个名字突然出现在视线。心里有一些空洞，原来记忆就在一天天的日出日落里慢慢沉睡了过去。我曾以为我遇到的很多人很多事都会深深地印在我的脑海里，可是生活如同温水，日复一日年复一年，有多少被遗忘的感情和人事，这一生又有谁能数得清。我看着小茹这个名字发了很久的呆，距离我们相识的日子已经有六年了，而这个在我生命中出现过一个多月的姑娘，我从来不知道她的真名，我不知道她从哪里来，也不知道她现在在何方。

认识小茹的那年，我十八岁，那是上大学的第一个暑假。那年暑假，我一意孤行不顾母亲一个个催促回家的电话，只身留在 A 市打工。突然觉得从学校出来之后，本来就人群熙攘的 A 市又大了很多，大一新生的身份找兼职并不容易，没有哪个公司愿意用只干一个多月的实习生，而在跌跌撞撞与生活不算激烈的交手中我已经头破血流。我拿着手头不多的钱到 A 市的房屋中介处，才发现学生仔以为很多的钱都不足以维持我两个月的房租，经人介绍找到了 A 市最大的城中村：八里村。来 A 市的人说，这里是 A 市梦想的起航点。八里村的西边是小寨，我在那里找到了人生的第一份兼职，在飞炫广场边上的一家地下赌场做记分员。

记分员的工作很简单，准确地说就是将客人们的钱简化为机器上的数字。赌场内鱼龙混杂，有身家过亿的老板，也有曾是老板却赌完全部身家的流浪汉；有每日在小寨天桥上摆摊的小姑娘，也有满身金银的富婆；甚至还有行善寺里老掉牙的和尚在里面大口喝酒吃肉。所有可以令世间咋舌的稀罕事在这里都显得见怪不怪。我就是在那样的环境里与小茹相识，那时我叫她小茹姐。

小茹特别瘦，即使时隔六年，我看多了为了减肥常年把每日的食谱缩成两个苹果的消瘦的姑娘，小茹仍然是我迄今见过的最瘦的人。她脸色苍白，身体薄得如同一张纸片，经常穿白色的蕾丝裙子，本该是紧身的裙子套在她身上像是宽大的T恤，黄色的头发零散地披在肩上。她素面朝天面无表情地坐在老虎机旁边，看着老虎机一圈一圈地转。赌场里烟雾缭绕，坐满了大肚子的男人，他们两眼放光地围着老虎机盘旋在以金钱堆积的云端上，人生的大喜大悲全部压在毫无规律的数字上，涂着大红嘴唇的女人露着半个酥胸跷着二郎腿，极尽妖娆妩媚地展现着三流的性感；小茹就像一个面无表情的空架子，没有笑容也没有悲伤，眼睛里没有风尘，填充着疲惫与无奈。

小茹跟我说的第一句话是：哪里可以睡觉。在我的印象中她一直很疲惫，我们上的班是24小时倒班，早上八点进店，第二天八点再从店里出来，在地下室见不到光，二十四小时不眠不休地攥着大沓从赌徒手里收来的钱，高度紧张地将其转化成数字输进老虎机，输错一个数字就是一百块。可是即使那样，我也觉得小茹的疲惫比我更深，她的累让人觉得她随时都可以对这个世界放手说再见，从眼神里发出的空洞又绝望的信号像是能掏空人的黑洞。我把她拉进上分员偷懒的小隔间，她蜷缩在落满灰尘的角落里，隔壁的空调机发出轰隆隆的响声，我拿出我的衣服给她，告诉她这个地方对着空调口一不小心就会感冒，又给她倒了杯水。其实后来想起来，当时我为她做的所有事情，就是一个少女在对这个世界刚刚接触时，心里满是正义和希望，怀揣着以认真工作换取呼风唤雨的未来的美梦，对所有事情都加以的真诚。而在十八岁的我看来，给客人们周到的服务就是我对于这份工作的职业操守，是我认真工作的表现，并且我怀抱着每一份小认真都会给我的未来带来无限可能的幻想。我为她做完这些我能做到的小事想要离开的时候，她说，你叫什么名字？我认真地回答了我的名字，她的头靠在墙上，身上盖着我的外套，嘴角挂着笑，眼睛半眯着看着我，说，你真像我妹妹。

后来我遇到很多人，他们说人随着年龄的增大，会对这个世界麻木，不再那么容易感动，也不再那么容易温暖。有些时候我觉得这些话是对的。可是后来我想起小茹，她经历了世事，一段错路可能让她万劫不复，可是她却被我的一件外套和一杯热水感动，而我仅仅将这些行为视作我服务于客户的需求。六年过去，我想起小茹那时跟我说我像她妹妹时的眼神，突然明白，容易被感动的人，永远是浪荡于世界的边缘，咬着牙关在无人问津的独孤里度过了漫长时光的人。因为无人在意、无人问津，所以才会对意外的小关怀撞得受宠若惊。寒冰不容易化，但是遇到温暖总会流泪，只是千年寒冰，你看不见那些细微的水珠。

这个我用一杯热水和一件外套无意间温暖了的姑娘，在我人生第一份工作里照顾了我一个多月，每次她进赌场，手里拿着大包小包全都是给我的吃的。那个时候我靠着赌场里的大锅饭喂饱肚子，第一次吃大厨猪食一样的东西，我挨了很多天的饿，小茹出现后，我再也不用为肚子发愁。她总是给我买那个时候我不敢企及的东西吃，肯德基麦当劳赛百味，各种甜品店的蛋糕和冰淇淋。虽然如今看到这些速食会无法下咽，可那时却是我梦想中的美味。她每次进店来，都跟着一个叫君哥的男人。君哥看起来应该三十岁左右，他穿着很得体，话少也有威信，在赌场里看起来和其他为了输赢大喜大悲的人不一样，他脸上的表情一直都很平静，永远都不知道他在想什么。君哥把他包下的老虎机台面清理干净，用湿巾擦好桌台，摆好吃的叫我过去。最开始我有些不好意思接受这些好意，但是小茹却固执地非要看着我吃完，我吃着，她就在旁边看着。有时候君哥也会绕着老虎机转悠，说，哎哟，小茹的小妹妹如今的地位可是比我高多了。小茹就跟着君哥笑，却不看君哥。

小茹对我的好出了名，店里的其他上分员都观察到了小茹对我的异样。其实店里的经理和同事因为我年龄偏小也对我颇加照顾，经理拉我到办公室严肃地告诉我离小茹远一点。我问他，是不是小茹姐有什么不好的地方？经理疑声跟着我念了一遍“小茹姐？”然后略带轻蔑地笑了，说，你的小茹姐不是你能有交集的人，你知不知道君哥是做什么的？我摇摇头，他说，为你好，所以别和他们有太多交流。你的小茹姐是夜总会的坐台小姐，君哥是夜总会的老大。我还记得那个经理当时的眼神，轻蔑和嘲笑，看着我像是看着一个奇怪的玩具。我一声不发地从办公室出来，想了想我和小茹的点点滴滴，我怎么都不能把她和坐台小姐联系在一起。

赌场里的人都充满着极端和神经质，这里多的是一夜之间一无所有的富豪，赌红了眼的他们将这几十万几百万化成控制自己情绪的工具。人生日复一日年复一年，多少人在名利双全时寻求刺激，多少人在一无所有时期盼奇迹，多少人在摸爬滚打里想找到人生的顺风车，所以这个小小的赌场里聚集着老板、乞丐、流浪汉、失足女、情妇。那些面容精致又妖娆的女人叼着烟坐在腆着啤酒肚的男人身后，满眼风尘地盯着老虎机一圈圈地转，极尽浪荡地在多个男人中周旋，为他们的赢而开心，为他们的输而惋惜。老虎机呼啦啦吐币的声音像是一种神奇的召唤，人情冷暖在赌场里明显地有些唐突，赢家的身边伴随着美女和跟班，持有金钱的男人们赌老虎机的数字，没有钱或者曾经有钱的男人、穿着露骨衣服的女人们赌追随的这个看似有钱的老板，老板赢，她们也会分一杯羹。赌场里的每一个人都在赌，哪怕是我们小小的记分员也在赌负责哪台老虎机会让自己多赚一些钱。在这个由金钱决定地位的小赌场里，人人都有可能遭遇大喜大悲，只有小茹一如既往地冷漠和平静。君哥生性冷漠，不像别人一样对老虎机情有独钟，他每次快到中午的时候带小茹来，到下午六点准时离开。赢钱输钱都没有太大的情绪，赢了钱就随手抓一沓拿给小茹，小茹转过头问我，小家伙你想吃什么？其实我没有吃过什么好吃的，对吃的也没有特别的在意，很多时候是小茹做主，出门一圈回来就会带很多的吃的。我喜欢小茹也喜欢君哥，因为他们在的日子我不怕错账，君哥不会耍赖不给钱，即使我上错了分，错了多少柜台算出来，差的钱小茹就会给我补上，不用那么累。小茹话不多，总和我在一起，说的也不过是哪家做的指甲，哪个店买的衣服，问问我学校里发生的事情。我跟她讲我的同学，讲我的好朋友，讲我们学校里组织的集体活动，讲我看到的笑话。我们也偷偷取笑过那个肚子大到自己都搂不住的每天输很多钱的老男人，也为一夜之间一百多万打水漂的老板感叹，看着兴善寺的老和尚和网友聊天，听屏幕对面的女网友暧昧又娇羞地叫掉光了牙的老和尚哥哥而笑得肚子痛。却从未聊起过她从哪里来，生活得好不好。我曾幻想过很多种她的生活，我想过她和君哥很恩爱，君哥给她所有她喜欢的东西。因为我所见过的他们两人，小茹不必开口不必谄媚地笑，君哥就会给小茹大把的钱。我想过了千百种她的生活，可是我从来没有想过她是个足女。她瘦得让每个人侧目的身躯在白色的裙子里显得空荡，永远不施粉黛的脸和面对陌生人时的抗拒和冷漠，对君哥给的大把金钱毫不在意，让我无法想象她在另一个充满金钱和风月的场合赔笑讨好。

我也曾试图去疏远小茹，在经理告诉我小茹是个小姐失足女之后，我曾对于她的问候不冷不热，也对于她的招呼视而不见，她叹着气像是看穿了我的心思，却又不计较。有一次下雨，我没有伞，一路冲到店里，鞋已经湿透，地下室里不通风，也没有鞋可以换，我就穿着装有雨水的鞋站了一上午。小茹进来，看着我走一步就留一个湿脚印，出去买了双鞋子回来，是一双白色的小皮鞋。我不知道多少钱，那时的我从来不去逛商场，我连飞炫广场的地下商场都逛不起，后来我曾去小寨的商场里溜达过，看见了小茹那时给我买的那双鞋的牌子，我知道那不便宜。小茹把鞋给我，我不要，小茹拉着我，说，其实我只是想做你姐姐，你别害怕。她又哄我又劝我，我换上了她买给我的鞋子和袜子，很漂亮。到底十八岁的我还是小孩子，前一天还暗自下决心要和小茹保持距离，可是却因为一双漂亮的鞋开心得踮起脚尖。

我没有问过小茹是否真的如同经理所说的，是否真的是夜总会的坐台小姐，在很多和小茹窃窃私语的小话题里，我很多次都忘记了所有人的忠告，可是小茹却主动跟我提及。

小茹有一天跟着君哥下赌场的时候，她的左半边脸上有一大块紫青色的印记，印记大到能遮住半边眼睛。她比平时进店时的表情更加麻木和冷漠。这不是她第一次带伤进赌场，很多次她的身上会莫名其妙地出现很多的伤疤，青一块紫一块，都巧妙用衣服遮掩过去，不那么被人注意，只是这次竟然出现在了脸上，看着触目惊心。君哥对着老虎机，脸上看不出喜怒哀乐，平静却又不失威严，小茹见到我也不似平时那般眼神放光，只是拉着我选了老虎机坐下，君哥也跟着坐下，我给君哥上好了分，君哥就不再理我们。我看着小茹脸上，小茹止住了我的欲言又止，说，小家伙什么都别问，陪我待一会。我们坐在老虎机旁边，老虎机里的小老虎在君哥的操控下一圈圈地转着，小茹就盯着那一圈圈，好像在想什么，好像什么都没有，沉默着，眼睛里没有任何的情感。那天之后，有四五天，小茹都没有来店里。本来赌场里人来人往没有人会在意谁的去留，可是君哥是店里地位比较高的赌家，好几天不出现，连经理都问我知不知道君哥和小茹的消息，我说我不知道，其他的上分员说，那大概是换地方了吧。那时我有小茹的电话，但是我没有尝试着去拨，因为在那个比成人世界还成人世界的赌场里，我大概也明白了人聚人散没有那么多必要去追问。

可是又过了两天，小茹出现了，君哥走在前面，小茹跟在后面。她脸上的伤淡了很多，看着我，略显无奈地笑了笑。如同几天前一样一言不发地拉着我坐在一边，她的左手腕缠着很厚的绷带，连着抽了四根烟之后，跟我说，我帮你请假，我们出去坐会儿好不好。我还在想她说的什么意思，她就去跟经理说话，完了就带着我出了赌场。那是我第一次进咖啡馆，到现在我还是很害怕别人在咖啡馆里跟我讲过往，咖啡馆里的慵懒和安静把过去的爱恨都磨成了一把迟钝的刀，那刀刃砍向听众，却不会干脆利落，一点点地渗透，把疼痛和感伤都拉得很长。在咖啡馆我问她，手怎么了？她说我想死，没死成。我说你和君哥吵架了吗？小茹抓了抓散落的头发，说，没有，我们没打过架，是客人打的，胳膊是自己割的。现在回想起来，那次算是我和小茹第一次，也是唯一一次认认真真地谈论她的人生，关于她的所有故事都是那天她告诉我的。

小茹说她十六岁就认识了君哥，那个时候因为家里穷困，重男轻女的习俗使她在家中备受冷落，所以很早就从家里出来打工。那个时候也是住在八里村，A 市最大的红灯区，也是 A 市的梦想起航地，有多少初来 A 市的青年在这里开启梦想之旅，每一天都有人进来，每一天也有人会离开。那时的她被迫放弃了学业，但也第一次重拾了自由，没有被安排早嫁已是十分的幸运。她找了个小工厂做工，一次同事聚会，跟着大家去了酒吧，在酒吧里认识了喝多的君哥。

那时的君哥年轻，却没有现在沉稳，虽然话少，但身上的张扬因为年少显得有些张狂。君哥醉倒在小茹身边的座位，第一次进酒吧的小茹在君哥吐得天翻地覆的时候照顾君哥，忙前忙后。君哥在迷糊时留下了小茹的电话，从此三天两头的给小茹送点小东西，虽然是小东西，却也是当时的小茹以一个女工的身份无法承担的礼物。好像一个救世主，在小茹的生命里给予了小茹在学校没有来得及完成的初恋，他们每天打电话问安，早上和晚上，午后和深夜，热闹或是寂静，都需要电话那头的声音做伴。后来君哥问，你愿意跟着我吗？十六岁的小茹看着君哥，想了想，说好啊。

小茹以为跟着君哥的意思就是给小茹一个家，可是君哥却让小茹开始了漫无目的的流浪。小茹以陪酒女的身份出现在君哥身边，君哥说你就陪着那些客人们喝喝酒，没什么的，我会保护你的。小茹讪笑着说，那个男人以保护我的姿态出现在我的生命里，却让我掉入无边的深渊。十六岁的姑娘就化上了浓妆，出现在酒桌上。我后来想过小茹走过的路，在很多的不理解和惋惜里细想过她为什么会被这样充满恶意的诱惑而心动。当想起我当时穿那双新鞋的画面，突然觉得有些相似，那时我穿着从百汇买来的三十块钱的帆布鞋，被雨水浸湿，而小茹给我买了一双时隔六年我还对那样的价格有所惧怕的鞋子，温柔地帮我穿上它，夸我真是个漂亮的小姑娘。如果我穿惯了昂贵的鞋子，习惯了所有人以我为中心将我温柔相待，那么或许我就不会对那双鞋子有那么多的喜爱和怜惜了。坠入爱情的少女就如同当时我被一双白色的皮鞋暖化了一样，信那人所说的任何一句话，包括挣够了钱就给她一个家的承诺。

就如同很多陪酒女在最初入行时遇到的那个中间人一样，

君哥对小茹百般好，但是又不只是对小茹好，君哥手底下有一大批的小姑娘，个个都受君哥的照顾，个个都对君哥爱慕。而小茹竟然以为君哥挣更多的钱为奋斗的目标，将战场从酒桌移到了床上，终于答应了君哥要求小茹出台的请求。小茹说，我接过 27 个客人，君哥是第一个。小茹在第一次怀上这 27 个男人中不知道哪个男人的孩子后，小茹拿着诊断书在医院对着君哥哭得撕心裂肺，君哥说，那以后不要出台了，就陪着我吧。那之后小茹将战场转回了酒桌，每日喝酒喝到天亮，偶尔会想起家人。家人已经不再联系她了，因为她的职业，父母都没有再念过小茹了。十九岁的小茹已经三年没有回家了，只有小妹会用不知道哪里的座机，偶尔打来一个电话。，她赚的钱，有机会就寄给小妹一些，就当这个世界还有一个亲人在。

小茹脸上的伤疤如她所说，是客人打的。陪酒女遭到客人殴打的事情是很正常的吧，但是客人打她的时候，身边的君哥连出声阻拦都没有，就站在一旁看她挨打。积攒了很久的委屈和迷茫在那天突然爆发，不是之前没有发生过这样的事情，大概最可怕的就是人在清醒后能感受到这世上的冷暖吧。小茹想要改变这样的生活，面对君哥的冷漠，回想起曾经接待过的 27 个男人，想起从小长大的那个家对她的无视，和如今举目无亲的冰冷，就自己划开了手腕，在意识模糊的时候，君哥冲进来救了她。

我问过小茹，他爱不爱你？小茹笑得有些嘲弄，说，爱？唉……小茹说，他算是个好老板，对我不太苛刻，在我不想出台的时候也不强迫我出台，到如今还能收留我在身边，在这行里，他能做到这样，也还算不错了。我问她你当初为什么不离开他，她说我没有家，离开他不知道去哪里。我没有说话，捧着她点给我的拿铁，咖啡馆的空调开得很大，有些凉，抱着杯子稍有些暖意。小茹问我，快开学了，你是不是要回学校了？我说是。

小茹说，快走吧，以后这种场合的工作，再也不要做了。我点点头。那天她看着玻璃窗外人来人往，说我好想重新活一次，离开这里，离开君哥。我说，君哥对你很好啊，为什么不结婚呢？你爱他，嫁给他也不错啊。小茹笑到飙泪，她说，他不会娶我，因为我只是在风尘里浪荡过的女人，是他一手把我推入风尘，我也不会嫁给他。她还说了很多莫名其妙的话，她说很多事情的开始和结束，其实自己都知道是注定的，可是人在感情里的时候总会欺骗自己。她拉着我的手，好像闪着泪花，说要对自己好，保护好自己，不要为任何一份感情搭上自己。那时的我以为这只是比我年长的一位姐姐对我的教诲，就如同平时出门母亲给我说加件衣服一样。可是后来我也爱上了一个薄情的男人，我想起她说的话，才懂得一个人经历过多少磕绊才能懂得对自己好是多么重要的事情。

其实她说的很多话我是不懂的，那时的我沉浸在对这个世界纯真的幻想里，以为只要心怀梦想并且勇气十足就可以将世界踩于脚下，还对所有的人笑脸相迎，无论是谁都以对待前辈或是长辈的虔诚态度奉上谦卑，悉心听取每个人对我的人生忠告，并且相信有一天我一定会成为一个可以挥金如土的女富豪。而我以为这样高大的梦想会在不停的工作和兼职里实现，只要我足够善良和努力，就会被大老板挖掘，并踩上人生的快车道勇往直前。可是谁都没有提醒过我，没有几个人的生活是如同偶像剧里那般浪漫和美好。而那年的小茹和如今的我同岁，24岁的她，眼睛里布满着对这个世界的无奈和失望，在我信心十足地对着十八岁的暑假兼职尽心尽力，又对她说出很多梦想的时候，她伸出手帮我理了理头发，说，嗯，乖乖地生活，好好地照顾自己，就很好了。

大约人在怀揣雄心壮志的时候，总会藐视生活中的温暖和平和，不屑于前辈们说出的平安健康之类的心愿，甚至觉得那是被生活打败之后泯灭了所有的希望，不得不成为一个败将后不得不做出的自我安慰。我没有想过我以后可能会过很平凡很糟糕的生活，我也不会想到我可能也会爱上一个薄情的人，我更不可能相信我为了一份爱情让自己狼狈不堪，但是当我像疯了一样为了一个男人改变自己争取得到嫁给他的资格，却把自己改变得面目全非，在自己一个人的爱情里跌跌撞撞让自己头破血流之后，突然在电话本里看见小茹的名字，我突然开始难过起来，我竟然这么迟，才明白她口中所说的话语是多么的无力又难过，她脸上的疲惫和冷漠，是因为遭受了多少的坎坷才不得不做出对这个世界冰冷的姿态。对我那样细心的照顾，是因为她一个人度过了多少冰冷的黑夜，是多么期盼自己有人陪。而十八岁的我没有听懂她所说的一切，我们曾在我兼职的间隙里说过很多话，我能想起来的已经不多，而六年后的今天，才懂得她当时说的那些话里的意思，就比如在我对着生活发出第一次宣战的时候，她告诉我，要乖乖地生活，好好地照顾自己，这样就已经很好了。

后来她看着我说，你回学校之后还会不会想起我？我看着她不知道怎么说。她说，我遇到过很多人，没过多久，事和人都忘记了，好像很长的一段时间里都是空白的。那时我没有想过我接下来的人生会遇到很多人很多事，我不知道学校外面的世界，人们都是见面你好离开遗忘的，所有的关系都浅尝辄止，生活的忙碌不会给我时间去悉心了解每一个人的喜怒哀乐，大家匆忙地想要去挣一口饭吃。所以如今我拿着电话本对着小茹的名字，突然想起她问我会不会再也想不起她的那句话，心里像是被人打了一记闷拳。

其实我也想起过她，在我们最初分开的那两年，我曾和A市的伙伴们路过小寨，每次我都会去那个赌场对面，那里已经改成了一家小吃城，还有我和小茹去过的那家咖啡馆，也已经变了模样，小寨还是人来人往，有贵得让人望而却步的商场，也有可以一百块钱淘一身新衣的百汇，姑娘们在夏天的时候穿着短裤吃着雪糕用接到手软的传单扇着凉风。这世界还是那样，美好的更美好，所有的艰辛都藏在看不见的地方，比如那家曾躲在底下的赌场以及很多个我们看不见也无从追寻的过去。

小茹走了，在我暑期打工结束的前三天。那天我如同往常一样上班，收到她发来的信息，说，小家伙，再见啦。我没有回复，我想大概是如她所说，她真的去了一个没有人认识的地方，能重新活一次。

离职的时候，连续三天没有出现的君哥进了赌场，他环顾了赌场一周，走到我面前，问，你有没有见到你小茹姐。我摇摇头。我看着眼前那个男人，不知道是不是我眼花，他突然之间好像老了很多，平时的稳重里透出的威严在不知不觉间散去，他在我面前沉默很久，最后双手抹了把脸，深深地叹了口气，转身走了。从他身上散发出来的疲惫，恍惚间看到了另一个小茹。

往前是青春，后面是余生

顾帆遇见毛毛的那天，顾帆刚给女朋友买了她爱吃的抹茶从蛋糕店出来，一转身，就在路边的男装店阳光洒满的玻璃窗里看见了手里掂着一件西装端详的毛毛。

以前听说人的行为是有记忆的，顾帆还不太相信，但是毛毛的脸出现在视线范围内的时候，顾帆迅速地后退到墙角，心里开始扑通扑通跳，好像烟抽多了的清晨有点喘不过气。也许是初春的午后天气稍微有些热，后背竟然出了些汗。

顾帆提着给女朋友的抹茶蛋糕，在墙角像个做错事的孩子一样，弓着背发了半天的呆，吸了吸鼻子，终于冷静了一些，又偷偷地瞄玻璃窗里，毛毛拿着黑色的西装，正和店员说着什么。岁月把大家都变了，但是好像毛毛没怎么变，还和高中的时候一样留着齐刘海，偏瘦，脸上白白净净的，穿着白色的薄毛衫、牛仔裤。顾帆偷偷看着毛毛的背影半天，突然反应过来自己的样子很像小偷，搓了搓鼻子，快速从玻璃窗前走过去。天罕见地蓝，刺得人眼睛有些发白。

走到停车场，开车门的时候想了想，把蛋糕放在车顶，拿出手机迎着阳光给蛋糕拍了张照片，发给女朋友：蛋糕给你买好啦。后面还加了个心形的表情，发出去不到两秒钟，女朋友就回了个拥抱的表情，说亲爱的么么哒。穿绿衣服的小黄人胳膊一抖一抖的，顾帆盯着手机笑了笑，打开车门把蛋糕放在后座上，摆了摆位置，免得过会儿车开快了蛋糕不好看了。刚关了车门，后背被人拍了一下。顾帆转过身，毛毛提着两个购物袋在背后，太阳照得毛毛的脸亮晃晃的，笑得和以前一样好看。毛毛看见顾帆发愣的脸笑了：我就说刚才好像隐约看见你了。哈，好久不见啦。

顾帆挠挠后脑勺，说，是呀，好久不见了。毛毛理了理手里的购物袋，说，前段时间听王梓说你回来了，怎么也不打个电话联系联系。顾帆搓了搓手，说，回来事情多，也一直在忙。毛毛笑笑，感觉到顾帆有些尴尬，因着顾帆的尴尬，两个人之间的空气在明晃晃的太阳下也突然尴尬起来。毛毛说，那以后多联系啊，我先走啦。毛毛笑笑，提着购物袋要走，顾帆站在原地看毛毛走了几步，突然出声叫毛毛，说，时间还早，要不要吃个饭啊。毛毛转身，看着顾帆，笑里没有了尴尬，毛毛点点头，好啊。

顾帆帮毛毛把包都放在后座，怕蛋糕被压坏了，就移到了后排座位上。毛毛坐在副驾驶位上，顾帆开着车，瞥见了毛毛手上的戒指，问，结婚啦？毛毛摸着戒指说，是啊，去年十一结的。

顾帆说，哎呀好险，早回来几个月就得随个份子。毛毛说，对啊，所以今天吃饭你掏钱，就当补给我的份子钱。说完哈哈笑了两声。毛毛举起手来，迎着太阳光看戒指，小小的钻石亮晶晶的。

为你做的那些小事我都记得，后来再没有为别人做过——顾帆

17 岁的时候，毛毛特别喜欢戒指，总是不知道从哪里淘来的小戒指，套在笔上。毛毛有一个很大的笔袋，里面的每一支笔都套着小戒指。有一次毛毛带点小抱怨的跟顾帆念叨，说，你都没有给我买个小戒指。顾帆回到家，从储蓄罐里掏出所有的零钱，翻边了冬天的口袋，凑了四百多块钱，然后一家家地逛饰品店。

17 岁的少年进饰品店，还有些慌张，有些害羞。每进一家店，都要在门口徘徊好久，逛了两天，也没有找到一个满意的戒指，

要么就太贵了，要么就不好看。周日的晚自习，顾帆到快下晚自习的时候才来，正好遇到班主任来察班，班主任问，那个顾帆去哪里了？毛毛瞄着身边顾帆空空的座位，心想：我也很想知道我的男朋友去哪里了啊。可是脸上被吓得懵懵的，还好王梓说，顾帆拉肚子了，这会儿不知道在厕所是个啥情况。

班里一阵哄笑，毛毛心里乱乱的，偷瞄窗外，然后就看见了顾帆单肩挎着书包，猫着腰，在窗边偷偷看教室。毛毛惊得差点叫出来，顾帆立马做出“嘘”的手势。毛毛心跳得厉害，脸发红，低着头紧张得两脚发颤，感觉都坐不住了，可还是忍不住不停地向顾帆的方向瞄。顾帆猫着腰把书包从开着的后门递了进来，然后直起身子抱着肚子，脸上尽量扭曲着表达痛苦，在门口打报告，班主任看了半天，压着怒气问，干吗去了？顾帆说，报告老师，上厕所。班主任声音有些压不住了，问，上自习呢你跑去上厕所！顾帆紧了紧抱着肚子的胳膊，脸上的表情更加扭曲了，说：老师，拉肚子，憋不住。

班里同学终于爆发哄堂大笑。班主任憋了半天，吼：滚回去自习，不看书就去睡觉！顾帆夹着屁股回到座位，班主任背着手，在讲台上转悠了两下，说，都好好自习，看看别的班，安静得简直让人不可思议，带过的学生里就你们话最多！班主任转悠着出了教室。毛毛怕班主任三顾茅庐，还一动不动地又待了三四分钟，然后才转头一脸紧张地问，你去哪里了啊！顾帆笑笑，偷偷拉了拉毛毛的手，说，先等等啊。然后给后门的同学眨了下眼睛，顾帆的书包被翻山越岭地递了过来，顾帆从书包里掏了半天，拉住毛毛的手，递给毛毛一个小盒子，笑得一脸狡黠，毛毛打开看，银色的戒指在盒子里发亮。本来心里在生气，可是突然就有了一种奶油浸满全身的感觉。

后桌的王梓把头探到前面，说，哎哟哟哟，现在都已经到这样的地步了吗？顾帆抬手对着王梓的额头一巴掌，把王梓扇到后面去了。毛毛还没有感动结束，顾帆就趴在桌子上睡过去了，其实根本没有睡着。可是怎么办呢，顾帆要做的是一个很酷的男生啊，面对这么小女生肉麻的场面，他才不要感动，漫不经心才会很酷，睡过去就好啦。虽然埋在胳膊里的脸上已经弯起了嘴角，虽然他明明知道毛毛捧着戒指心里偷偷地很开心。

顾帆想着笑了起来，嘴角控制不住向上翘。毛毛转头问，你笑什么呢？顾帆说，没笑什么啊。然后逼着自己整理了一下脸部的肌肉，又恢复了面无表情。毛毛瞪了他一眼，说，你什么时候能把这耍酷的臭毛病改掉啊。顾帆说哪有。毛毛说，打我认识你的时候你就耍酷好吗？你上学的时候总是耍酷，老是沉着张脸，好像谁欠你钱了一样。遇上红灯，顾帆稳稳地刹住车，说怎么会，你记错了。毛毛说，怎么会呢？咱俩同桌的时候，记得不，老师说让我和你坐在一起，我当场就哭了。绿灯，顾帆边笑边起程。

但是其实我们可以不用相爱，反正我也没有那么大胆，可

以去靠近谁喜欢谁。——毛毛

十六七岁的顾帆真的很爱装出酷酷的样子啊，他喜欢额前留着细碎的刘海，像《那小子真帅》的宋承宪的发型。校服的拉锁永远都拉不到老师要求的高度，露出黑色 T 恤上的十字架或者是别的很酷的图案，两只手永远都插在裤兜里，不多说话，尤其是在女生面前，常年的“面瘫”。尤其是他的课桌，桌子上铺着一张很大的白纸，用透明胶布齐齐地贴在桌子上，纸上画着一条栩栩如生的龙，多少男生都羡慕顾帆画出的这样气势汹汹的龙，显得多么的具有大哥的气质啊。

高二分班，顾帆和毛毛被分到一个班里，顾帆每天上课都睡觉，上课睡，下课也睡，除了体育课和下午的课外活动，顾帆会叫王梓和他一起去打球外，其余的时间他一直都睡。最恼别人吵醒他，偶尔班里女生在他身边吵闹，他都是抬头恶狠狠地瞪着吵醒他的小女生，再过一段时间，大家走过顾帆座位的时候都很小心。

毛毛暗地里对小美说过，那个男生，总是沉着张脸，看起来还怪吓人的。而这种想法，在毛毛和小美有一次打闹的时候不小心踩了熟睡中的顾帆的脚而愈加严重。后来毛毛说，你知道吗，那一瞬间我觉得好像踩到了老虎的尾巴，生怕你抬头发脾气骂我，我受不住骂的你晓得哇。

可是，大概我们年少的时候谁都不知道，在那个不明白如何言爱的年纪，我们之间的情愫最开始的开始，表现的就是对你的嫌弃和不屑，因为关注你，因为怕别人知道我在关注你，所以竖着耳朵听别人嘴里的你，对于你的注意，全都是我以眼光余角的一瞥。可是那天顾帆没有发脾气，抬起头看了毛毛一眼，毛毛的齐刘海在打闹的时候起了静电，细碎的头发飘起来，迎着阳光看起来毛茸茸的，真配毛毛这个名字。

有一天，班主任突发奇想让大家自己挑选同桌，毛毛和小美紧拉着手，毛毛和小美高一的时候就一直是同桌，两个小女生早都约好了要一起努力考大学，要做一辈子的好朋友，不离不弃的。小美选了第一排中间的位置，毛毛说，我个子这么高，老师不会同意我坐第一排的。

小美不管毛毛说什么，径直拉着毛毛走向选好的座位，毛毛个头高，坐在第一排像种下去不久的蒜头上冒出来的第一颗绿芽，如坐针毡。班里同学刚坐定，班主任环顾一周，眼神放在毛毛身上，说，你这么高的个子，得稍微往后坐一坐。来，顾帆那里缺一个，你坐过去。毛毛一听到顾帆的名字，心里更加不愿意了，坐着不动，表示抗议，一边戳小美的胳膊，想要小美站起来和自己一起搬，可是小美一动不动的，毛毛生气极了。班主任等了半天不见毛毛动，吼了起来，这么没有集体意识，你这么大个儿杵在这里，挡住后面的同学了！

被班主任一吼，毛毛眼泪呼啦啦地就出来了，一回头看见顾帆一脸无所谓的样子，毛毛带着满脸的眼泪抱着书包，步步都踩着害怕和不愿意。顾帆周围的男生开始起哄大笑，王梓笑得最为奸诈，对着顾帆嘘。顾凡的桌子上没有一本书，在堆满教科书和试卷的教室里，他的地盘显得格外的另类，毛毛看着有点犯怵，因为莫名其妙对顾帆的害怕，连桌子上那条栩栩如生的龙都显得有些凶神恶煞。

顾帆和毛毛同桌之后，毛毛一直侧着身子背对着顾帆。顾帆看着毛毛别扭的坐姿，转身又趴下睡了过去，心想，这个女生真的是比我还酷啊。终于，毛毛和顾帆比酷，顾帆输了。那天顾帆睡得天翻昏地暗的，愣是被太阳晒醒，顾帆拉了半天的窗帘，可是稍微一动，太阳就又从那个缝里钻进来。顾帆看着毛毛毛茸茸的后脑勺，戳了戳毛毛的胳膊，毛毛转身抬头，一脸的不解带着些不耐烦，看着顾帆。顾帆指指窗帘，问毛毛，你有没有夹子啊。毛毛从书包里拿出一个夹子给顾帆，王梓从后面探出头来，说，你们两个现在是偷偷开始说话了吗？

顾帆转身去夹窗帘，顺口说了声谢谢，继续趴下睡觉。可是毛毛看到他埋着头，耳朵红得像一抹夕阳。毛毛偷偷看顾帆红着的耳朵，不由得想要偷偷笑：原来这个男生，一点也不凶，只是不爱说话而已啦。

其实顾帆和毛毛后来的熟识，王梓真的算是功臣。王梓算是很贱的人，他会在顾帆越过毛毛的背后往外走的时候突然把桌子前移，顾帆就被撞到趴着写作业的毛毛身上。王梓假装去捡钢笔的时候把毛毛和顾帆的鞋带绑在一起，毛毛下课去卫生间的时候，脚一抬就差点绊倒，顾帆像是本能一下伸手扶住了毛毛，毛毛转身想对顾帆说谢谢，可是顾帆拿起桌上的书就向王梓砸去。第一次打闹就是因为王梓，顾帆和王梓打闹，毛毛尖叫着努力让自己站稳。那之后，毛毛、顾帆、王梓三个人就开始话多了起来，毛毛为了和顾帆联合起来对付王梓，也不会再用后背对着顾帆了，可是很奇怪，王梓不在，两个人之间的气氛就变得有点尴尬。

原来青春期的爱情最初的样子就是沉默和尴尬啊。

和顾凡结成了对付王梓的联盟之后，毛毛发现顾凡其实很好说话，只不过这个男孩睡觉的时间占了大半。毛毛还偷偷地研究过顾凡每日怎么从空空的桌面变出书本来，后来才发现顾凡的脚下放着一个大箱子，里面装着所有需要的书本和试卷，虽然很少去看那些书，却很让人咬牙切齿的是，整日睡觉的他在班上还不是最后一名，虽然其他课程总在红灯边缘，但是生物总是会拿高分。毛毛有次问，你为什么生物学得那么好啊。顾凡说，因为要了解身上哪些器官会摘下来卖钱啊。毛毛愣了半天，顾凡哈哈哈地大笑。可是毛毛的生物就不那么好了，她能跟得上数学老师像变戏法一样一眨眼变出的满黑板的习题，却永远也搞不明白那些恼人的小细胞。有一次，毛毛难在生物上，毛毛急得要死，可是该死的答案页简单粗暴地直接来了一个“略”！

一个“略”！大半个晚自习毛毛就纠结在这生物题了，可是答案页就给了一个“略”！毛毛想了半天，内心做了半天的挣扎，终于重新翻了一张新的草稿纸，把题推到顾帆跟前，在草稿纸上写，这个怎么做？接下来半个晚自习，两个人在草稿纸上你一言我一语的，顾帆给毛毛弄懂了那道生物题，是什么题都忘记了，可是记得顾帆的钢笔字刚劲有力，偶尔会划破草稿纸。

其实后来的日子里，毛毛后悔过，一年多的爱恋，在那堆草稿纸上一点一滴记得特别清楚，可是分开后的日子里，她一页一页烧得不留痕迹。

我有了要娶的姑娘，你也找到了为你暖手的人——顾帆

到了饭馆，服务员倒了两杯白开水，毛毛连忙捧起杯子，问，你过得好吗？找女朋友了吗？顾帆却盯着毛毛的手发愣，毛毛

叫了两声顾帆，顾帆才回过神，说，哦，找了，婚礼定在八月。毛毛说，那现在筹备婚礼应该挺忙的啦。顾帆点点头，盯着毛毛捧着水杯的手，几次欲言又止。毛毛问他怎么了。顾帆顿了两秒钟，问，手还凉吗？毛毛愣了愣，收起手，转头微笑着看顾帆，不说话，但是摇了摇头，笑了笑。

17 岁的深秋，做完课间操的时候，拥挤的楼道里顾帆和王梓走在毛毛的后面，王梓不停地跟顾帆说 NBA，说艾弗森，顾帆一边应着声，一边观察毛毛翘起来的小毛发，毛毛，真毛毛。听到毛毛对小美说手凉，小美说，我昨天看小说，人家说手凉的女生上辈子是折翼的天使啊。毛毛嫌弃地瞪了小美一眼，好肉麻的话，你又看那种无聊的八卦杂志。随着嘻嘻闹闹的人群回到教室，等到上课，王梓这个千万瓦的灯泡终于安静了。顾帆轻轻地从毛毛的手边移了那本草稿纸，不知不觉间，毛毛都换了两本草稿了，厚厚的草稿纸里隐藏的是为了一份好成绩的奋斗，一份对美好未来的向往，和我对你所有的好奇和关心。顾帆写，你的手一直很凉吗？写完之后，看到毛毛正歪着脑袋听课，就轻轻地移了草稿纸在毛毛的手边，只是放着。老师出了题让大家算的时候，毛毛低下头看见了顾帆写在草稿纸上的字，愣了两秒钟斜眼瞟顾帆，顾帆不以为然地乜斜着眼睛瞟了瞟毛毛，毛毛举起笔写，笔上套着的米奇戒指的耳朵闪得格外愉悦。

毛毛写：你竟然偷听我和小美说话！

顾帆写：又不是我要听的。

毛毛写：你是不是要笑什么折翼的天使了？

顾帆写：怎么会，我是想说我可以给你暖暖手。

毛毛写：你怎么敢……

其实“敢”字还没有写完，顾帆就握住了毛毛的手。

老师在另一排课桌的走廊里念叨着，这就是一道送分题，要是连这道题都答不出来，高考就不用参加了之类的云云，毛毛心跳空了两拍，眼睛瞟着老师，怕被老师发现这课桌上被握着的手，怕被身后的王梓发现羞红的脸，怕他像个喇叭一样大肆宣扬，最怕的是顾帆发现自己狂跳的心，怕他是开个玩笑，自己却动了心，怕被顾帆以一场笑话为由捉弄她，最可怕的是，毛毛竟然觉得这双手，真暖。

顾帆看着毛毛被吓得像是定格了的毛茸茸的脑袋，连脖子都渐渐地开始红了起来。

其实就算是已经过了七年时间，顾帆都想不起那天为什么那么勇敢，竟然能放下自己要命的扮酷去握住毛毛的手，不知道为什么会有勇气，也不知道为什么会那么果断大胆。他就握着那双手，能觉得毛毛在轻轻地发抖，好像她全身的毛孔都露出紧张的小针尖，两个人像是两个雕塑，像是时间静止了一样，直到老师渐渐靠近，高考论渐渐大声起来，毛毛移开了自己的手。

时间总会磨平不甘和遗憾，面对面坐着聊聊从前——顾帆顾帆为了隐藏自己的尴尬，拿起菜单点菜。突然发现对于毛毛的喜好一点也不知道，不知道她喜不喜欢辣，不知道她会不会讨厌油腻。十七岁时的爱恋，好像只停留在那个简单的年纪里，走不出校园，也走不进生活。很少要求，也很会知足，却也很少了解。就比如我送你一枚戒指，我牵牵你手，打水的时候记得你的水壶，泡咖啡的时候知道你喜欢的温度，为你的高分开心努力，为了跟上你的节奏拼命背书，这都是我们之间爱恋的点滴，是我给你的欢喜；而我也不会知道你是否睡觉打呼，没见过你磨牙放屁打嗝，这是我隔着生活的面纱为你展露的青春。我们认真地相爱，也认真地掩盖，隔着生活的琐碎，为你留着这世上我最干净美好的记忆。也忘了和你坦白，我真实的样子你是否喜欢，这是我们的遗憾，也是我们的无奈，也是我们在日后想起时，错过的多少感慨。因为没有磨合，所以对方永远棱角分明，永远是少年模样。多少年后我想起我们的青春，依然美好到让我笑出声，庆幸于我们彼此对对方的尊重，让这段懵懂的爱恋即使分别，也在多年之后感恩。

顾帆拿着菜单，隐约想起有次听毛毛说过她钟情于可乐鸡翅。服务员礼貌又甜美地说，不好意思先生，我们这里没有可乐鸡翅。顾帆尴尬地看着毛毛，说，我就只知道你喜欢吃可乐鸡翅，也不知道你还想吃什么。毛毛愣了愣，笑得有点尴尬，捧着杯子的手缩到桌子底下，说就随便点点吧。

毛毛说，我已经不怎么喜欢吃可乐鸡翅了，我老公比较喜欢川菜，我就跟着吃辣。顾帆尴尬地笑着点点头，说挺好的，两个人在一起，就会变得比较像对方。毛毛也跟着笑。顾帆转身跟服务员点菜。你看，即使我们都已对过去释怀，可以面对面聊聊生活的感慨，可是提起如今各自新人在怀，却还是尴尬得让人有些无奈。

毛毛问，你现在什么工作啊？顾帆说，就做设计啊。毛毛说，你当初选的不是这个专业啊。顾帆挠挠后脑勺，说后来转专业了，你不是说的吗，我就改画画啊。

说完两个人又愣了，有点尴尬，顾帆在心里把自己抽了两个耳光，说什么过去，真叫人尴尬。毛毛想起有次和顾帆谈起高考，毛毛问顾帆，你想学什么专业？顾帆说我也不知道，走一步看一步吧。毛毛说，你去学学设计吧，你看你画画这么棒。说完用眼神指了指顾帆桌上栩栩如生的龙。

短暂的尴尬让人不知所措，大概我们没有结局的相遇，就是不能提过往，也不能说现状，要不怎样，我们也不能只说说天气，聊聊交通。顾帆不停地挠着头，然后拍了拍桌子，说，咱俩尴尬啥呢，都结婚了，还为什么儿女情长的小事情尴尬啊。一句话说出来，毛毛才开始无所顾忌地大笑，尴尬才真的烟消云散。

饭馆上菜的时间和《疯狂动物城》里的闪电一样慢到让人

抓狂，两个人有一搭没一搭地聊天，都是时过境迁的寒暄。谁都不能免俗的以你这几年过得好吗开始，说大学毕业找工作的艰难，说工作时遇到的趣事，说在外地租房子时讨厌的房东，说各自在外的打拼城市里的春夏秋冬。终于可以打开话匣子，我们聊聊现状，也聊聊过往，或许坦诚就意味着我们真的是要各自远行。

顾帆说，其实你结婚我知道。毛毛睁大眼睛，说你怎么知道的啊？顾帆喝了口水，说，王梓那货告诉我的啊，你有没有觉得王梓给你的婚礼红包特别大？毛毛想了想，说是啊，他竟然给了我五千！顾帆说，那不是他给的，是我给的！毛毛看着顾帆半天，假装生气地把杯子往桌子上磕了磕，说，你干吗不亲自给我啊！顾帆说，怎么着，你有那么大胆把初恋男友送到自己婚礼现场上当个不定时炸弹吗？你也不想想，万一我抢婚怎么办？毛毛捂着嘴哈哈大笑，说，我还真不信你能拉下那个脸。顾帆也讪笑，说，那可不一定，你结婚那会儿我可是单身啊，再怎么说哥们儿对你也情有独钟过，万一一个冲动酿成大错，可怎么办。

毛毛笑到不能自已，过了会儿认真地问，你那会儿为什么和我分手啊?

对不起，因为我的年少不勇敢——毛毛，顾帆

服务员上了菜，把结账的单子放在顾帆的手边，顾帆拿起水杯，压住了结账单。毛毛看着这个动作，却突然有点想哭。那时顾帆突然就对她冷淡了，她要去打水，顾帆说要睡觉，她要叫顾帆去操场背书，顾帆说不去要做题，同一张桌子突然冷漠得像是两个世界。毛毛堵住走廊里的顾帆质问，哭求，挽留，顾帆除了沉默就是沉默。

那是第一次分手，分手说完的第二天，毛毛生病了，已经

忘记了是什么病，但是记得在离校一个礼拜后回到教室，顾帆已经搬离了原来的位置，坐到了离毛毛很远的角落里。毛毛对着身边空落落的位置发了半天呆，桌上杯子底下压着一张小纸条，上面写：照顾好自己，高考加油！最后的感叹号写得非常用力，纸条被划破了，像是难看的哭着的脸。

顾帆摆了摆桌上的菜，又搓搓手，因为喜欢上其他姑娘了呀，哈哈哈，好像个渣男。毛毛白了顾帆一眼，说真是够了，王梓说过，因为班主任找过你，后来为什么又分手啊。顾帆喝了口水，说，那会儿还能因为啥啊，不论金钱不谈风月的小恋爱，除了班主任这个杀手锏，还能有啥啊。

顾帆想起那次班主任和他谈话，那应该是高三第二学期了吧。在那一个月前，班主任找过他谈话，无非就是毛毛的学习那么好，不要耽误人家云云的。顾帆被班主任说服了，与毛毛分手，可是分了不到两周，毛毛掉了两滴眼泪他就忍不住了，心想，毛毛学习好，那我不打扰她就好了，和毛毛恋爱都一年了，也没见到毛毛学习成绩退步啊。顾帆又重新拥抱了哭得上气不接下气的毛毛。可是班主任又找了顾帆，顾帆正提着给毛毛买的早饭，嘴里叼着一包酸奶往教室走，班主任叫顾帆的时候，顾帆心想，老头又要说教了。但是班主任这次一开口，顾帆就给跪了。班主任说，如果你们非要早恋，我挡不住你，就只有请毛毛的家长出面了。十几岁的我们怎么会知道后来的人生还要面对什么样的大风大浪，所以班主任的一场示威就让我们以为遇到了很大的阻碍，那时我们都小，小到没有能力维护自己所爱。

如果那时我们能不那么倔强，是不是现在也没那么多遗憾——毛毛，顾帆

毛毛拍桌子说，唉，你那个时候怎么不找我商量呢，咱俩商量商量，一起骗一骗班主任啊，说不准就不会分手了呢。顾

帆嘴角憋着笑，半天才说，也不知道那会儿是不是也跟着追韩剧了，你听过的吧，人总是有模仿别人的潜意识，看了别人怎么做，自己就会跟着怎么做，总把自己幻想成一个悲剧英雄，以为爱情就要撕心裂肺，以为遇到事情一个人承担才像个男人，太过于幻想英雄主义了。你不是也说了吗，我那会儿爱扮酷，觉得什么苦难都自己受了，多伟大呢。可是我们都后知后觉，明白爱是平淡和陪伴的时候，身边的人已经不是你了。

顾帆说，唉，那会儿怪我。

毛毛说，我也不对，后来不也是没给你机会嘛。

大二的时候，毛毛接到过顾帆的电话，电话那头，顾帆联合全宿舍的兄弟给毛毛唱了一首《这辈子我们还能在一起吗》。毛毛总说顾帆听烂大街的歌，后来却有好几次被这样没有情怀被人嘲笑的歌打动过，比如实习的时候，工资低得可怜，日子过得十分拮据，每天东奔西跑的，过得非常辛苦，有一次下雨天给客户送资料，头发湿漉漉的却为了争取时间冒着雨在街上跑，听到街头的小店放着歌，一句歌词冲进毛毛的耳朵里：找个好人就嫁了吧。再比如就是顾帆唱的这首歌，顾帆全宿舍的兄弟给毛毛唱，唱完之后，顾帆宿舍的男孩子们冲着电话喊，在一起在一起，然后静下来，顾帆问，我们还能在一起吗？毛毛说，不能。

其实毛毛过不去的槛在毕业那天。领完高中毕业证，毛毛找到顾帆，也不管顾帆同不同意，牵起顾帆的手不顾老师们的诧异眼神，大庭广众之下走出校园。顾帆最开始还冷着脸，可是后来，他牵毛毛的手越来越紧，明明是一段走过无数次的路，那几分钟却走得好像是冲向未来的快速列车，仿佛穿过这个山冈就是一身一世。可是就在跨出校园前的一瞬间，班主任从校门进来，顾帆松开了毛毛的手，仿佛是路过一样，快速地走过了毛毛的身边。毛毛一个人站在原地看着顾帆自顾自走开的背影，手上的温度还在，你却把我丢下了。

我要的爱情不是一帆风顺没有苦难，而是在有阻碍来临的时候，我们能紧紧地攥住双手，勇敢地，坚强地，一起去面对，可是你丢下了我。

后来就再也没有了后来，像是默契，互不联系，各自生辉。只是毛毛不知道，王梓像是新闻直播一样，时刻播报着毛毛的生活，该说的不该说的，都说。比如毛毛恋爱了，比如毛毛要嫁人了。

可是有一段时间，我很怕听你说你现在的生活。你过得不好，我会难过；你过得好，我也难过。明明说好了，你一生的幸福要我给的。——顾帆顾帆问，你现在的老公肯定比我勇敢吧。毛毛脸上泛起幸福，说，嗯，挺好的，我老公是娃娃脸啊，我们走出去，总显得好像是姐弟恋之类的。顾帆看着毛毛笑得像是开出了花，像是埋在心里的秘密突然见了光，却发现并不尴尬，只是觉得轻松，却又落空。顾帆打起精神，听毛毛说着这些年来来去去起起伏伏的过往，说着和老公的相识相知，也被毛毛逼着拿出了女朋友的照片。

大概就是我们彼此都没有亏欠，所以如今才会如此心安，青春里的我们都认真地相爱，所谓的遗憾也只是年少时的天真烂漫。

毛毛和顾帆走出饭馆的时候，已经是下午了。顾帆说，结婚的时候记得来啊。毛毛说，胆儿真大，结婚的场子还敢请初恋女友。顾帆说，所以安全起见，还得把你老公也请着。毛毛笑着从顾帆车后座拿出了给老公买的西装，伸出手，说，顾帆同志，感谢你，让我的初恋到现在想起来，没有难看也没有辛酸，都还是美好的样子。顾帆伸手握住毛毛的手，突然想流泪。可还是没有拥抱。高三那年夏天，是十八岁的夏天，一个少年想过要吻一个少女，他贴近她的脸庞，女孩静静地闭上了眼，少年看着女孩紧张到通红的脸，却没有吻下去，后来的他们笑过，女孩说，我那会儿以为那样就算接吻了，以为我初吻没了，还难过过几天。你看，我们的初吻都是隔着空气，这会儿又怎么舍得抱你。

毛毛看着顾帆开车走远，心里长舒了一口气，好像身体被掏空了，好像把什么东西放下了。原来以为你是我心中的秘密，是我无法抹去的回忆，是我难以缅怀的过往，可是当我们说起从前，我只有怀念没有向往，只有感慨没有心痛，突然明白，关于人生在我们那段青春里安插的故事，都已经过去。我们还要去面对更长的路，还有各自不同的人生，谁都没有停在过去，记忆也给不了任何的牵绊，时间让人走，想停都停不住，该忘记的早都忘记了，该过去的，也早都过去了。

顾帆接到女朋友，女朋友拿着抹茶在副座上吃得开怀，问，阿帆怎么你今天来接我晚了。顾帆说，因为今天遇到了一个人。女朋友转头问，谁啊，我认识吗？顾帆抿嘴想了想，伸手摸了摸女朋友毛茸茸的头发，说，我遇见了我初恋女友。女朋友有点警惕地树起耳朵，问，你们聊什么了？顾帆笑了笑，握着女朋友的手，说，青春里爱过的人，都过的得很好，觉得很开心。女朋友警惕的耳朵瞬间耷拉下来，向顾帆靠了靠，抱住顾帆的胳膊，说，往前是青春，后面是余生。

谁不曾爱过一个远行的少年

我喜欢的男人就在我面前，他睡着了，就躺在我胳膊边上。轩爷跟我说的，这个时候需要把领子拉低，低到快要露点的程度，然后靠近他，用细微的动作把他折腾醒，然后让他在睡意蒙胧的时候睁开眼睛看到一个风情万种的我，我看了看自己这红色的格子衬衣，这个怎么能做到风情万种呢？对了，我得先把马尾放下来，轩爷说过了，头发凌乱地披下来会增加女性的魅力，唉，幸福来得太突然，谁知道社团聚会能让我一觉醒来睡在男神边上呢？

我是猪，不对，我姓朱。都怪轩爷，打从初一认识就一直喊我猪，这么十多年了自我介绍都着了魔一样的说自己是猪，平时倒也罢了，可是此时此刻我和我的男神同床共枕，我不能用这个毫无美感的词形容自己。我该说自己是倾国倾城闭月羞花风情万种的朱氏无敌美少女，请不要在意我已经 23 岁的高龄，不要问我为什么 23 岁还在本科里念大二。要不是留了两级退后这么久，在一群小我两岁的小屁孩里混迹太久情商已大幅下降，也不至于让轩爷每天给我科普如何追到自己的男神了。

我已经暗恋我的男神两年了，这是我喜欢的第一个男人。不要问我为什么在这之前没有喜欢别的男人，因为，大学之前我一头短发无比潇洒，我很少遇到比自己还帅气的男人，直到高考的那个假期我们同学聚会，进卫生间时被一个大妈尖叫着抓住我说我是变态，说我是猥琐男混入女厕所，我才不会留什么长头发还得费那么多的洗头膏洗个头发都能累到半死。我第一次见男神的时候头发还没有这么长，不过一暑假蓄长发，我的头发已经能扎个小鬏了，就是得别着很多的发卡才能保证整个头不炸毛。那天我去吉他社报到，一进社团门，我就看见一大堆人围着我的男神，缝隙中看见了男神忧郁的侧脸迷离的眼神，心底里就有个声音在呐喊在咆哮，放开那个男神让我来！

然而我并没有，我已经蓄起了长发，在我踏上驶向大学校园的列车前我的母亲拉着我泪眼婆娑苦口婆心地说，上了大学别剪头发，记得穿裙子少打架少骂人，找对象的时候注意性别。是的，我暗暗发过誓要成为一个淑女。显而易见我应该压抑住我内心的呐喊和咆哮，然后撩裙子假装路过，然后很无意地才能瞟到那个正在弹着吉他的男神，四处张望一下再将耳边的碎发往耳朵后面别一别，这个时候对面的窗户洒进来的阳光正好穿过我的耳朵，以男神的角度可以看到站在逆光里的我沐浴着阳光好似从天而降的女神，这个时候我就该轻轻地微笑走到男神的面前，睁大眼睛弱弱地问，学长，请问吉他社是在这里报到吗？然后在充满校园情怀的神奇的吉他指引下我们互生情愫，然后每日以乐传情用弦生爱，谱写一段浪漫的青春爱恋，多么完美。

可是世事总是不完美，一群人冲过来打碎了我的美梦，入社团的表格填完之后转身哪还有男神的影子。好遗憾我没有让他看见我站在逆光里犹如女神的画面，不过没关系的，同在吉他社，凭借着我当年练就的一手迷倒中学校园万千女性的吉他手艺，我相信在以后的日子里肯定会有无数的机会让他爱上我，并为我抓狂为我陶醉为我谱写爱的歌曲。嗯，一定会是这样的，而我现在要做的就是想办法投其所好，让自己在茫茫学妹中崭露头角，让他注意到我。

首先得从衣着上扮起。身为男神级的人物，身边肯定有不少的莺莺燕燕，而我不能和大众融为一体。男神最拿手的是吉他，那是情怀是梦想是文艺的象征，统治着民谣界和摇滚界。一个个地换，总有一款适合他。先从长裙穿起，亚麻的长裙配纯棉的短袖和白色的帆布鞋是一个文艺女青年的必备神器，民谣少年的死穴，校园爱情的绝配，肯定没错。可是我已经换了不下十套长裙了，为什么没有动静？为什么我第一百三十七次穿着长裙从他面前路过或者在操场擦肩而过，他的眼睛里都没有冒出轩爷说的那样眼睛一亮膨出火花的眼神？看来戏路不对。再换，想想男神那忧郁的侧脸不羁的神情，或许是走摇滚范儿的呢？我需要一些狂野的文身贴，毕竟真的文身很疼又很贵，最重要的是我怕我的母亲会将我扫地出门；文身贴备齐了，我还需要学会画大红的嘴唇和浓黑的眼线，眼线不能只画上眼线，下眼线也描着才能体现我深沉又堕落的气质，马丁靴也是不可少的，搭配破洞的牛仔裤和宽松的深色 T 恤，摇滚女王要来了。

而当我深沉又帅气地想尽办法从他身边路过第八十七次的时候，我知道我又失败了。在继而尝试了穿着牛仔裤和白 T 恤做一个活泼开朗健康向上的美少女以及穿着修身的连衣长裙做一个知性的优雅学姐依旧无法让男神注意到我之后，我深刻地认识到，我投其所好投错了方向。

像男神这样长相俊美又身兼绝技的优秀人才，怎么会肤浅到以貌取人的地步呢？内涵才是正确的选择，我要与他心意相通，共同的爱好共同的话语，精神的支持，这才是进入男神内心深处的通道。不过，不用刻意为自己外在的形象费心装扮，变回自己之后真的轻松了好多呀，终于可以跨大步终于可以在路边吃臭豆腐了，不错不错。但是我时刻谨记着我与男神内心深处的交流，每一次的演出我必定会爆发自己最大的呐喊声，他摇滚的时候我疯狂，他民谣的时候我走心，琴弦真是个奇妙的东西，那颤抖和波动好像能拨到心里去，明明隔着那么远，但还是能感觉到内心的小人被撩拨得阵阵发烫。我还要与他探讨乐理，探讨民谣和摇滚的起源和历史。初中的时候就知晓并熟记的民谣歌手、死亡摇滚、重金属等，这会儿终于能派上用场了，可是为什么倒背如流地讲完了李志、张玮玮、朴树、许巍的惨痛经历，描述了罗琦、崔健、窦维、齐勇、张楚的辉煌历史，说遍了 Cannibal Corpse、Bring Me the Horizon、At the Gates 的称霸雄风之后，我的男神只是默默地用暖化我心田的笑容看着我，小火苗呢，轩爷口中描述的那闪着光和疼爱以及霸占的小火苗呢？是谁扑灭了初恋的爱火！

我们总在抱怨时间太慢，想着快快长大，可是时间不急不缓地走过了之后我们才后知后觉地想要留住它。我在我的男神身边左蹦右跳咋咋呼呼了两年时间，那些我度日如年的课堂和食堂里一成不变难吃的饭菜就在我这样毛毛躁躁的追逐中过去了两年。这两年间，我打进了男神的朋友圈，并和男神的朋友成了无话不谈的兄弟，在吉他社成了顶梁柱，而我和男神的距离却止在了见面说嗨的地步。

我喜欢的男神依旧闪耀，我从一个从不知悸动的丫头变成了心怀暗恋的真正的少女。全世界都知道我咋咋呼呼的喜欢男神，只有男神对此不闻不问，暗恋真的好奇怪，怕他知道，又怕他不知道，最怕的是他明明知道又假装不曾察觉。那些围着他转的日子在回忆里都被镀上了一层和夕阳一样温暖的光，白色纸上的音符都能在那光里跳起舞，课堂上数着秒针度日如年的时间都被唤成了时光，一分一秒慢慢的，一回头就过了两年。

燕子去了，有再来的时候；杨柳枯了，有再青的时候；桃花谢了，有再开的时候。但是，聪明的，你告诉我，我们的日子为什么一去不复返呢？亲眼看见时光的溜走才能明白匆匆的含义，小学教科书的编辑显然高估了小学生的情商，这么多年后再读这快要被遗忘的小诗时竟会忍不住的泪如雨下。那是一个我为数不多的伤春悲秋的下午，男神的好朋友前来召唤社团的聚会。我的男神要毕业了，我的男神要冲出校门走向世界了。好了说大了，我来好好地说。

毕业季的学长学姐不停地告别送完了这个送那个，酒精和梦想的联系在毕业季显得异常紧密。其实这不是我和男神第一次在同一个局上聚会了，可是自己生出来的情绪竟然让老猪我在此时有些犹豫，这颗日益膨胀的少女心已经快要按捺不住几近爆发了。灯红酒绿中大家伙都醉醺醺的，又哭又笑，原来青春的散场就是掺杂着酒精和眼泪，在这午夜空旷的大街上回忆着、向往着，来时的路那么长，站在起点的时候以为望不到尽头，以为时间多得可以在床上睡千万个懒觉，可是这么一转眼，他们的青春就结束了。

是的你没有猜错啊，我肯定是喝多了才能那么煽情那么文艺啊，所以为什么我会和我的男神在一张床上！为什么高高在上的男神睡在我的枕边？并且崩溃的是我的衣服竟然还在？孤男寡女酒后共处一室睡了一整晚衣服竟然还在？这是多么大的耻辱？

都说看一个男人帅不帅要看他敢不敢剪寸头。看看我男神这长年不变的寸头依旧帅气，这标致的五官真是浑然天成，宿醉一晚上糊了一脸的油都挡不住的帅气。他的立体的五官刀刻般俊美，看这浓密的眉毛叛逆地稍稍向上扬起，长而微卷的睫毛下，幽暗深邃的冰眸子，显得狂野不拘，邪魅性感。英挺的鼻梁，像玫瑰花瓣一样粉嫩的嘴唇，性感的唇形此时微微张开。简单的T恤也穿得如此有型，衣襟皱起漏出一点点的腹部。哇，看着那小麦芽的颜色都能想象到T恤下面坚硬的八块腹肌，皮带也是最简洁的款式，再往下……Oh，no，我在想什么啊，那么害羞的地方真的不能多看，我一个纯情的小姑娘怎么适合看那种地方，不要不要不要啊哈哈哈哈哈哈。

我拿出手机微信轩爷，问她怎么办。轩爷三秒后回复我一个字：上！

Oh，no，乘人之危吗？真的要拉衣领吗？可是我又没有乳沟，我又没有翘臀，我竟然露都没得露？竟然还穿着这个皱巴巴的格子衬衣，难道初夜要这么不浪漫地送出去？可是就在我盯着男神俊俏的脸庞思绪飞扬的时候，我竟然看着他的眼睛就那样慢慢地睁开了，我就顶着刚松散下来没有来得及整理的头发，手扯着准备下拉的领子，男神就那样充满疑问地盯着我有足足四秒钟。然后说，早上好。你也在啊。啊哈哈哈，是啊，我也在啊。男神看了眼手机，说，唉我想起来了，傻丫头以后你可别喝酒了，多闹腾啊，别再晚上出去遇到坏人了。Oh，no，难不成我昨晚做了什么丢人的事情吗？难道我昨晚说了什么不该说的话吗？

难道我昨晚撒泼打混了吗？天呐不敢再想不敢再问让往事随风，好吗？

就在我纠结万分的时候，男神起身去了卫生间。我拿起手机对轩爷说，没来得及上，男神醒了，已经去卫生间洗漱了，下一步怎么办？轩爷飞速回信，既然清纯不成文艺不成酷炫冷漠不成，那就来点妩媚，知道张曼玉那电影里拿着烟的姿态吗？去，靠在卫生间边上，一手点根烟，加上“快来上我快来上我”的眼神看着他，告诉他你喜欢他。是的，轩爷说的没错，轩爷是我爱情的导师情感的向导，她说的一定没错。

Ok，还是点烟，衣领还是不要拉了，免得显得我胸小。是的，我要去了，我要用妖娆的姿态靠在门边上抽着烟用勾魂的眼神望着他，风情万种地告诉他我喜欢他这句话。然而我在门边还没有靠稳，男神就转过来，拿走我手上的烟扔进马桶里往我嘴里塞了把牙刷，边侧身往外走边说，小姑娘以后不能再抽烟了。为什么我的男神要堵住我的嘴？为什么我一句喜欢你竟然会被一口牙膏呛住？

我拔出牙刷转身看着他，我的爱情不能断送在牙膏里，这太窝囊不符合我老猪的性格。我手握牙刷定定地看着男神，

“我……”

“嗯？”

“你……”

“嗯？”

Oh！苍天，加油啊豁出去！我喜欢你。哈，好巧，我也喜欢你，真的？是的！最后王子和公主过上了幸福的日子。呵呵，当然没有。

“你毕业准备去哪？”

“哦，北京，下周的机票，那边的工作都已经安排好了。”

“北漂很辛苦吧，那你……”

“嗯，没事儿，走吧，回学校啦。”

摸摸头把我的头发揉更乱是什么意思呢？老娘又不是狗，老娘是个姑娘，是个喜欢着你的姑娘，你怎么能像摸狗头一样摸老娘的头呢，老娘最起码还当了十多年的猪呢。然而他就那么走了。

我的男神走得悄无声息，没有摆起大排场找一堆人去送。我偷偷看着他出校门的背影，这就是我的青春我的初恋。轩爷说，这世上唯一一件再怎么努力可能都没用的事情就是感情，大概就是爱而不得，你却无法逼迫无法强求，一身的力气却没有地方去使。

我的男神去了他乡，我青春里的第一次心动就这样悄无声息地落幕了。起初的悸动和最后的失落好像都是一场梦，我追着他跑，看着他弹琴唱歌发呆，这一切的过往都被时间归纳在了曾经。我以为成长是一段很漫长的路，需要我做无数的化学实验解无数道该死的数学题背一大本的《牛津词典》，可是没有想到竟然只是一个人离开了我，幻想过那么多的成长瞬间，可是我没有想过我的长大只是你远行的背影。

两年光阴在回忆里渐渐散落又模糊，我知道我终将淡忘你，如同淡忘在课桌上刻下的字，在操场上呐喊的名字，在琴弦上弹奏的曲子。你看时间来势汹汹，每一个人都无奈又不甘地抛却回忆往前挣扎着行走，谁都无法逃开时间的洪流和洗礼。在那些渐渐懂得爱与被爱的时光中，沉埋在懵懂里的少男少女都是爱情的见习者，或许笨拙，或许胆怯，却也潜移默化地告诉我们如何去爱，如何去放弃，

毕竟，谁不曾爱过一个远行的少年？

失恋病情对照表

有很多人问我，失恋以后该如何生活?

这大概是深爱过的人都要走过的坎吧，本来你一直一个人，可是出现了他，你把自己的人生和他绑在了一起，大到居住的城市，小到杯子的样式，可是有一天爱情没有了，所有设想好的生活全都要被打乱了。

可是后来终究有一天，你会好起来，可能会是33天，大多数人比 33 天要多一些。当失恋的时候，朋友说你变了，沉默或是疯狂都是改变，一场失恋给予了你一些破碎；后来有一天，你好了，朋友说，你长大了，因为已经破碎的碎片你又拼成了新的样子，还是你，只是有些不一样了而已。

失恋之后，大概会经历这么几个阶段。

首先是逼着自己潇洒地走开，幻想自己能够帅气地离场，想用自己绝不留恋的背影扇对方一个耳光。这个阶段的人大多都还可以跟朋友去吃饭聊天，只是发呆的次数会增多。在公共场合还能自如应对，甚至朋友问起时，还能强装洒脱说绝不回头。只是看到好玩的事情，遇到好玩的人，还有自己努力得来的成果，你想找人分享，却发现不知道讲给谁听，在惯有的分享动作突兀停止时，有些想哭。酒鬼们会拼酒大醉，乖乖女们把自己打扮得极为漂亮，会说一些爱自己的鸡汤。这个过程按照个人对感情的敏感度区分，大概能持续一周到一个月左右的时间。

第二阶段应该是你日后再也不想回想起来的片段。因为这可能是除了挣钱、除了你对老板阿谀奉承拍马屁之外，你这一生最卑微的时候。可能大部分人都没有对老板那么卑微过，因为大部分人辞职前都会在心里默念，说我到哪里找不到这样一份工作，而且因为工作的事情产生留恋和挽留的概率太小了。

因为你装得累了，发现你还爱，他不在，你不想再强装洒脱，想要极力挽回，可是那个人已经不爱你了。人啊，在不爱的人面前姿态有多高，大概是联合国的秘书长的高度都比不了的。你哭，你闹，做过一些失去理智的错事，也说过一些日后自己听起来都恶心到想吐的矫情话，你给那个人成晚地发大段大段挽留的话，试图唤醒那个人对于你们恋爱时所有的记忆。不过不好意思，那个人如果已经不爱你，你这些话其实就是类似于卖保险的骚扰短信，甚至你痴情的话会恶心到他。这个时候大概是你最生不如死的阶段，你开始找自己身上所有的过错，开始否定自己，觉得自己一文不值，自卑，敏感，大哭大闹，酗酒，伤春悲秋，看到你在他面前那么卑微，朋友们都觉得你疯了，你已经完全失去了自制力，失控到可以在任何场合大哭大笑。而那个曾经你皱一下眉都会心疼的人看着你哭得撕心裂肺，竟然没有一丝丝的感觉，让你觉得这个人不是你所认识的那个人。你甚至还糊涂到上百度去搜索如何挽回前任的攻略，关注微博上那些所谓关注就可以追回爱人的营销号。

不必觉得丢人，基本上大多数光鲜亮丽的人背后都受过这么一遭，只是你没看见而已。这个时候你是失去理智的，被感情左右的人都是疯子。其实道理你都懂，这个世界没有谁离不开谁，但是那个时候爱情大过天，你觉得这个世界没有他不能活。其实说白了，就是钻了牛角尖，世界依然美好，就等着你什么时候转身晒太阳啦！

这个阶段是你最难熬的阶段，但也可能是你坚持时间最短的阶段，因为有一天你发现你的自尊碎成渣，狗都舔不到嘴里去了。这个阶段会是最短的阶段，根据个人的忍耐力和自尊心接受力，这个阶段有可能在一夜的聊天中就结束，有可能会持续一周。因为痛得透彻心扉，多数人坚持不了多久。

如果你跳过了这个阶段，那么恭喜你，你从失恋中走出了大半！

然而如果不幸的话，可能第一阶段和第二阶段会反复发作。

第三阶段，你开始怀念，怀念，却绝不联系。

走在路上，看见有个人很像那人的背影，哭，一瞬间就能落泪。

走过一起走过的街道，哭，一瞬间落泪。

不小心看笑话，看到你们曾经共同的笑点，哭，一瞬间落泪。

想起他曾经的甜言蜜语，哭，一瞬间落泪。

听到曾经一起听的歌，哭，一瞬间落泪。

……

哭的实在太多了，朋友们在你面前都得小心翼翼的，不敢说太多，因为一不小心就能戳中你的泪点。

这个时候的你也是最脆弱的时候，你更加敏感和多疑，对于任何人任何事都丧失了勇气和力气，把所有人都幻想成敌人。这个时候的你就是只刺猬，内心柔软得都要被眼泪淹没了，表面却对任何人都防备。

你还会偷偷地去翻看那个人的微博、朋友圈还有空间，想找到任何能发现他生活状态的蛛丝马迹，旁敲侧击地问过好多人。

这个阶段持续阶段较久，慢性疼痛，能让你好好活，却让你全身无力，对这个世界丧失信心。

第四阶段，你开始认识到自己不可以这样堕落。你开始苦读鸡汤，甚至自己都能写出诗一样的篇章来，你和同是失恋的认识的或者不认识的朋友互相鼓励，也在网上查找怎样快速有效走出失恋的攻略，每天爱自己或是面朝大海春暖花开，学着别人跑步健身，一心想要争口气，自己有意识地要走出失恋的阴影。或是如同小说里写的那样，拼命地工作，想以忙碌来缓解自己的痛苦。

这个阶段根据个人生活环境及对待感情的成熟度，大概会持续两个月到一年的时间。你发现，其实效果不显著，因为大概健身确实让你漂亮了，努力工作确实得到奖励了，可是心里还在失恋，你并没有变得对于过去云淡风轻。

第五阶段，你已经能平静地分析自己现在的心理状态，还有一丝的旧情牵着你，你无法懈怠，因为很可能一不小心就打回解放前了。你问了很多的过来人，他们说，时间是最好的良药！

你开始不那么急着去抛开那段过去，更能直面自己的生活。你开始回想自己在遇到那个人之前是怎么生活的，慢慢地开始找回自己应该有的生活节奏和步调，朋友们会说，你长大了。

这个阶段属于恢复后维持的阶段，保养自己的人生，在经历过风霜之后，需要重新喷漆，换掉一些烂了的零件，加固，打磨，其实你还是你，只是外表比之前有范儿，内心比以前精致。

根据自身的悟性及所处环境、生活方式等各方面的影响，这个阶段大概会在半个月到三年内完成！

第六阶段，眼界开阔，心中敞亮，人生开启了新纪元！全城都是你的对象，只要我愿意，想跟谁谈都可以！被困了很久的小马驹成了一头被放逐的野马，英俊且有魅力！你终于知道，自己好了！再回想起那时为爱痴狂的自己有些傻，但是却也感谢自己走过这一遭，可以快速地将人生看得通透！你会更加体恤自己，明白了爱自己的意义并不在于矫情和自私，而是以一个更加健康和饱满的生命去面对这个世界的肮脏或美好。

这个阶段在悄无声息的时候发生，并且延长至整个生命，或许有一天你们偶然相遇会泪如雨下会拥抱和好，也或许你们此生无缘，但是，这段爱情里所需要的进化都已完成。就算有一天你在车水马龙的街头再次与他对视，你在心里想，哦，这个人，我在青春的一段时光里爱过呀。然后转身，再爱他人。

你看得到吗？一切都会过去！那些所谓的永生铭记或者刻骨铭心，在时间的洪流里不堪一击。恭喜你，在人生的长河里又走过了一段色彩斑斓的岁月。

失恋有多疼？会死人吗？不会！会一辈子吗？怎么可能！

好姑娘何止光芒万丈，电灯泡堪比明日朝阳

和几个朋友在群里胡吹乱侃，突然发现有个男孩退群了，因为平时关系都特别好，就不会客气，就气势汹汹地拉了男孩进来逼打招供退群的原因。男孩说，被女朋友看见咱们几个聊天的内容了，逼退啊逼退！而且男孩进来之后，还把群名立马改成了项目三部，说为了避免女朋友查岗。群里的一大帮男男女女一头雾水，问到底咋了聊啥了还就被女朋友逼退群了。男孩说就是前几天群里开了几句玩笑。一大群人应声去翻聊天记

录，发现也不过是开了几句黄段子的玩笑和大家约着出去爬山的话。男孩和女孩搞对象以前我认识女孩，感觉特别可爱大方，感觉根本不像很作的姑娘，我就说，哎你对象不是很温柔大方，还倍儿体贴人吗，怎么这么作，这么不干脆呢，这有什么可计较的。群里一个姑娘说，高萱萱你知道你为啥找不到男朋友吗？因为你不作啊，你再这么仗义下去，全世界的异性都成了你的哥们儿了……我竟无言以对……

你身边是不是有这样一种姑娘，大哭大笑，说话从来不拐弯抹角的直来直去，对朋友仗义，和男生称兄道弟勾肩搭背，她们拥有着十八般武艺，上得厅堂下得厨房，修得了马桶换得了灯泡，一个人能扛二十斤大米爬三四楼，换饮水机的桶装水都是轻而易举，你说一句不开心她能陪你喝两件 X5 到天亮，陪你哭陪你笑，温柔的时候像你妈，坚强的时候像你爸，参悟人生哲理的时候像你爷爷，你问她借钱的时候她大方得像你祖宗，可你问她啥时候找男朋友的时候，她难过得像只狗。你看什么看，其实说的就是你啊，你还真以为我在说你身边的某位朋友吗？

她啥都好，为什么就是没有对象呢？我问过很多男孩，我说你们喜欢什么样的女孩子，有直男癌喜欢温柔贤淑保姆型的，有外卖协会的喜欢瓜子脸大眼睛身高 160+ 体重不过百长腿长发 C cup 的，有凤凰男喜欢父母双职工无私奉献的，各种各样的，能让他们感受到自己男人尊严的人。我突然就觉得我找到答案了。

你说，如果一个女生，她独立到已经可以自己扛过这个世界上的任何风风雨雨，大事小事都能咬牙解决，那她要男人干吗？换个角度，精通水电土木的女人，啥事儿都懂的女人，男人是要跟在她们身后当条狗给她们遛吗？好像说来说去，独立反倒是个缺点了。可是，我们确实已经这么独立了，就算我们不精通水电土木，这个世界上已经有太多的400电话了，有什么事情都会有人帮你搞定，如果搞不定的，那就给钱，所以我要个男朋友干吗呢？我找个对象，还得多一个人吃饭，多洗一个人的衣服，万一不留神结了婚，我的苍天，他家的七大姑八大姨都是我的上司，而我每天的工作就是照顾好他们家的两个后代，我还得防火防盗防小三，还得体谅他的烦闷，照顾他的忧愁，在他落寞的时候给安慰，在他低落的时候给鼓励，最主要的是我还得为了他的视觉体验，把自己捯饬得光彩照人，我还得成为二十一世纪的新女性，能在职场上叱咤风云。

当我说完这些话的时候，朋友说，嗯，活该你单身。我内心一万只某种动物咆哮粗暴地奔腾而过之后，平静地问，为什么？朋友说，因为一个人如果太自觉太强大，那么她的完整其实就是一种拒绝，而每一个寻找爱人的人，其实要的是一种互相依靠。爱情里的责任也是两方面付出的，如果变成了一方付出另一方接收，那是债权不是爱情，不要太自觉地想要大包大揽地承担所有，你会累，他会疲倦，很多事情，两个人携手面对会容易很多。

我突然就想起了我身边的那些女汉子，汉子得让人有些心酸，有朋友的时候就兴致满满地做一大桌子菜，自己一个人的时候就凑合凑合；明明自己穷得要死，有朋友张口就倾囊而出；手上提着男人都觉得重的东西，却不敢麻烦别人就自己哼哧哼哧地一点点挪回家；家里停电了怕得要死，也还是不好意思打一个电话求救，默默地在被窝里念叨着快睡着快睡着；因为不好意思麻烦别人，所以遇到事情很少求救，多年来大事小事都自己拿主意；吃亏了就安慰自己吃亏是福，难过了就想着快乐快了；明明心里有点胆怯，却还是要硬着头皮大声说话大声笑为自己壮胆……后来的她们就把自己练就成了“他们”，像个男人一样，把自己女儿情里的感性都收了起来，称兄道弟地把身边的好儿郎都变成了好兄弟，帮着汉子追姑娘聊人生，却没有一个汉子追自己聊“生人”。

可是我们都忘记了，爱情要两个人互相融合，就如同再坚强的女汉子也会在累到不能动的时候希望能有个宽厚的肩膀替自己挡一挡，男生累的时候也需要有人可以轻声细语地安慰鼓励，互相扶持互相需要，才会有爱情才会有陪伴啊。

所以我身边让人心疼的女汉子们，其实有时候承认自己不是那么坚强也不是多么丢人的事情，想矫情的时候就矫情一下，试着接受自己的软弱，试着学会在无限量帮助他人的同时，也麻烦一下别人。

我们不需要去把自己伪装成一个铜墙铁壁一样的金刚芭比，因为刺猬再可爱，别人也无法靠近啊。他们都说好姑娘光芒万丈，你说你这么汉子这么好，坚强得让人无法温暖你，无法靠近你，你万年单身，何止光芒万丈，你就是个灯泡，是个热源，是个大太阳啊！

好姑娘，别太独立，别太坚强，慢慢地温暖自己，相信这个世上人与人之间的美好，相信自己的独一无二，相信这个世界上有人看得到你的善良，如同你的漂亮一样。慢慢地去掉自己的保护色，变成一个会哭会笑的、充满色彩的小女孩。

当然，男生找不到对象和以上无关，你大概只是因为丑。

你可千万别怪谁

有个小孩跑过来告诉我，他要竹子编一把扇子，这样他就可以很凉爽地过完整个夏天了。

我看了看我手里的竹子，我想，我也想要编一把扇子，因为夏天的炎热是不会挑人的。

可是小孩说他更需要竹子，他说他如果没有竹子编扇子的话，整个夏天都过不好。他说，我会编一把很好的扇子，而且我在摇扇子的时候也会把风借给你。

我看着小孩，我听着他说话的语气，我觉得他好像真的很需要这些竹子。

我一根一根地把手里的竹子给小孩，他编着，偶尔还会嫌我的竹子不够好，说很磨他的手。

但是我想起他向我要竹子时候的语气。我想，他是真的很需要这些竹子来编一把扇子，而且等他编好了，他不会丢下我的，他不会只顾给自己扇风，他也会把风送给我的。

我把我所有的竹子都给了小孩，我一无所有了。

小孩编成了扇子，把玩了一会。

我看着小孩，可是小孩好像并没有想象中那么喜欢这把扇子。

我很不解，我在想为什么。

然后小孩转身用扇子狠狠地扇我的脸。

他说，你看看你的竹子，

把我的手全都划破了，什么破竹子。

他扔掉扇子并且踩烂，说，我要去买一台空调了。

我的脸被竹子扇得生疼，我在想，这可是我全部的竹子。

小孩拿着用我的竹子编成的扇子打了我耳光。

小孩真狠心。真是坏小孩。

我想要告诉小孩，竹子本身就是硬啊，你那么早就知道，你就不该继续编扇子了啊。

那个小孩真是坏小孩，他毁了我所有的竹子。

你错就错在太把一生一世当回事儿了

你说你失恋了，你回忆你们的过往，想起你们的嬉戏打闹，想起你们无话不谈，想起你们一言不发也不会尴尬的默契感，想起你为了他所做的努力，你为了他放弃的东西，你为了他无所顾忌地背弃世界，你想过你事事为他着想，无时无刻不替他考虑，你曾幻想的未来里处处都有他，你为了他改变了自己本来计划好的余生，改变了自己已经想好的轨迹，大到居住的城市，小到早晨起床的时间，只是为了迎合，为了和他在一起。然后有一天，他离开你了，你不敢回想过去的甜蜜，好像那些美好的浪漫都像是巴掌，扇了你的脸，也不敢去想未来，本来是两个人的未来，一个人好像撑不起来了。你都不知道接下来该怎么活了，醉酒晚归都是为了离开的那个人，没有他就没有生活的意义。可是你看啊，我们这个年纪的人，谁还没有分过几次手，没失过几次恋？可是有些人就能潇洒地挥挥手说个拜拜再去另谋所爱，你怎么就这么悲惨，陷在一段旧爱里出不来呢？

我一直在想，这中间的差距是什么？为什么我们的人生会因为一个人的离去而变成灾难？我们不是早就长大了吗？不是早就明白人生是一趟列车，有人上车就有人下车，我们经历过多少次毕业，不是早习惯了说再见，早习惯了看人来人往你来他走……可是为什么这所有的习惯和经验，和爱情扯上关系之后就成了撕心裂肺的挣扎，给人生造成了如此之多的艰难呢？

我们都曾幻想有一个人可以陪着我们从幼稚到成熟，从懵

懂的青春看过彼此的羞涩，再迈入充满激情和奋斗的青年，经历风风雨雨，再执子之手共度白发苍老。想让一个人一直陪着自己，一个眼神就能读懂自己，我们将这种爱情奉为信仰，一心想要寻找可以从一而终、执手相伴一生的人，大家都说这样的才是美好的爱情。可是我突然觉得，正是这种想法害了我们。

就因为你太想要一生一世，就因为你认定自己这一生只爱一个人，就因为你太把相伴一生看成爱情的信仰，所以就在爱情里成了一种偏执，这种偏执让你无法接受爱情里的告别，让你无法接受昨天的爱人在今天说再见，让你无法潇洒地转身爱上他人，你觉得爱情只有一份。你觉得爱情就该独一无二，爱过了一个人，就无法再爱其他人，碰触了一个身体，就无法让其他的身体靠近，体谅了一个灵魂，就对他人的灵魂惧怕和抵抗。这种感觉让人绝望，好似看见了余生自己孤苦一人，站在冷风的当口无依无靠，这世上不会再有人陪伴，这世上不会再有人可以相爱，至死孤独，无法救赎。

可是我们好像都忘了，所谓的恋爱，是谈恋爱。谈恋爱是什么呢？我想大概是和交朋友一样。我们在遇到一个人之后与他聊天，我们聊身边发生的事，聊过去，聊未来，聊人生，聊梦想，然后发现我们所聊的都是那么的相符，我抛出一个话题那个人就立马可以接得上，我们不会因为客气而放弃打闹，我们不会因为沉默而觉得尴尬，那我们是不是就可以做好朋友了？自此我们会产生感情，然后经历风风雨雨。可是如果我们发现和一个人无话可说，说出口的都是不合，那么大家就会客气地一拍两散，各自生欢，对吗？

恋爱不也应该这样吗？我们不该为了一生只爱一个人的想法囚禁自己，我们在爱情里的大多数的苦难或许都来自于这样的想法。可是谁又能在第一眼就知道那个人就是自己的一生一世呢？谁的脸上都没有像连线题一样写出正确的答案。世界上这么多人，谁都不知道命运给我们的人生安排了多少块绊脚石，安排了多少个教你成长的导师，安排了多少段让你可以体验轻狂的疯狂岁月，所以我们一生都在寻找。就如同你要寻找一份合适的工作，寻找一件合身的衣服，寻找一种适合自己的口味，寻找一个和自己契合的生活方式，那么同样的，我们的爱情也需要寻找，寻找一个气场相合，三观相符的人，我们的默契足以让我们感受到相同的浪漫和美好，我们的互相喜欢足以包容我们意见不合时的争辩。我们能够互相欣赏对方身上的闪光点，我们能一起窝在沙发里看韩剧，也能讨论身边发生的琐事，也能分析职场的阴险狡诈，也能为观点不合而争辩。我们遇到一个人，觉得他很好，那么我们都抱着认真的态度去试试，如果不是那个对的人，那我们就该去寻找下一个人。

这个世上，没有谁在出生前就想好是来寻找谁的，所以这个世上也没有谁离不开谁，我们生来就是一片空白，都是造化里从零起步的探险者，所走出的每一步路都是未知而新鲜的。这世上所有的一切，无时无刻不在变化，我们在变化里寻找和探索，所以，不要以一生一世只爱一个人的梦想困住自己，不强迫自己爱上谁，不勉强自己留在谁身边，也没有必要挽留那个要走的人，也不要用自己的爱情困住他人，不要去指责他的离去，不用遗憾与他的分别，既然不合适，就去寻找下一个。我们已经寻找了那么久，寻找合适的衣服、食物、学校、工作、朋友，这么多可以将就的、可以随便去换的东西我们都认真地、不怕艰难地寻找了，那么与我们共度余生的人，不是更应该认真地去找、去试、去多遇见一些人，去尝试更多的爱情的感觉吗？

我们都知道，爱情里需要包容，需要忍耐，需要理解，可是我们都忘了，爱情是两个人的事情。无法否认，不管我们再怎么亲密，我们都是这世上单独的个体，爱情正是两个灵魂间的摩擦、碰撞、沟通所产生的结果，而包容、忍耐、理解，并不是让你打碎自己去重新拼凑迎合他人，爱情里无底线的奉献和退让只会成为你被越来越多索求的理由，和让对方觉得越来越紧的枷锁。或许我们首先需要的是如何塑造自己健全、健康的人格，知道自己这一生想要什么，想做什么，再去爱他人。只有学会了尊重自己、爱护自己的人，才会给予他人健康、完整的爱和尊重。

所以，你的人生并不是需要一个给予你生活方式的人，你的余生也并不需要谁来拼凑完整。在爱一个人之前，先去经历人生最迷茫无助的时候，人生最黑暗最艰难的路，都是自己走过的。而我们所要寻找的那个人，或许并不是一起去创造另一种生活，也不是去适应他的生活，而是我们之间对人生有着共同的目标和信仰，碰面之后，我们携手，可能会有所谦让，但绝不会改变彼此的目标和轨迹，我们对对方无所亏欠，自己的人生也无大的遗憾，我们都能做自己想做的事情，并且有人与自己一同携手……大概这样的，才算是爱情吧。

我们大概都梦想有这样的爱情吧。可是，世上几十亿人，这么契合的人，又有谁能一眼找到呢？其实最开始，没有陷入爱情里的时候，我们都知道自己不会那么幸运，可是爱上一个人后，我们又都觉得这份感情独一无二，与他人不同，所以发誓要和他相守一生，幻想了几十年的日子，就等着梦想成真，可是他突然中途离场，你不甘心也放不下，也不愿意去尝试与他人说说话。

可是恋爱就是尝试啊，恋爱也等于“练爱”啊，我们尝试这样的人，尝试那样的人，去碰去伤，才能知道自己想要的是什么啊。难道半途中的相遇，就不能走过余生了吗？

不用怕忘不了旧爱。我们都是普通而平凡的人，谁都没有能力去守着一份没有回报的爱情一辈子，当你累了自然就会放下。当有一天你忘记了那段往事的点点滴滴，很多时间和细节都记不清，你就会发现，自己远远没有想象中的那么长情。

其实你需要的，就是要明白，爱情里的从一而终，其实是从一而忠。我们认真地去尝试、去对待每一份感情，对每一份感情都不留愧疚，不抱遗憾，尽自己的所能去深情拥抱，敢爱敢恨，就是对爱情最大的尊重。

终有一天，你会长大，可以独立地、勇敢地站在这片土地上，谁都不会成为你的救命稻草，因为你自己就是你命运的顶梁柱！他要走，就让他走，不用挽留，更不要祈求，你就且当是试了一件衣服，却发现颜色不称，所以要去试下一件。我们在这世上，玩的就是躲猫猫的游戏，你追我赶地去寻找那个对的人，如果一开始就找到了，那这场游戏，就不会有趣啦。

失恋了没关系，他走了也没关系，不喝鸡汤，也不饮烈酒，抓紧时间去找对的人，要趁自己还年轻，趁自己还漂亮，趁自己还能开怀大笑，抓紧时间找，因为早一天找到，就能多相爱一天啦。

什么？你说和最初相识的那个人一生一世？

hey，我在忙着找对的人，别把一生一世太当回事儿！

没有什么遗忘，只是不再想起

白天又开始变长了，我们开始觉得时间多了起来。下班时间到了往外一看，太阳还斜斜地挂在天边，对面的写字楼被照得黄灿灿的。下班回家路过艾依河，河面还结着冰，夕阳在冰面反着光，像一面发光的镜子，枯黄的芦苇在冰面簇成团，像是抱在一起取暖的孤单小孩。河下没有被雪掩埋的冰面，已经显出深水色，看来冰要化了。想起前几天母亲说，节气不饶人，她讲起去年去南方旅游，在穿着棉衣的天气里看到南方的地里长出小绿芽，勃勃生机。母亲说，时间到了，一切都会按照时间预订的发展。看着冰面，想起母亲的话，说的真对，节气不饶人，说白了就是时间不饶人、轮回不等人而已。前几天大雪漫天，可是春天到了，即使河面还被雪掩埋，河底却开始慢慢地化了。

早起醒来的时候，打开手机看到曾经一起喝酒的老朋友发来的一大段话，看得我莫名地有些心慌：

“2013 年的某天，他的朋友在 qq 上小心翼翼地问我，那谁要结婚了，你知道吗？我沉默了会儿答：我知道啊。他问：你怎么知道的？我说：我梦见了，前段时间我每晚都梦见他，梦见和他在一起的欢声笑语，可是有一天他突然就从我的梦里消失了，那天醒来我失落了好久，突然就觉得他要订婚或者结婚了…… 他说：你开玩笑呢吧？我就再也没有说话。”

他们已分开很久，从高中到大学，相爱好多年，却最终分手。我记得深夜喝酒她也曾耻笑过，她曾经被他吊着，不咸不淡，分手就分了近两年，每次她快要忘了的时候，他就来找她，说些暧昧的情话，和没分手时一样，体贴又温柔，让她忘不掉过去也无法重新开始。整整两年时间以泪洗面，提起那段爱情就泪如雨下。第一次爱一个人却遇人不淑，怎么都不信本该好好的一段爱情为什么要遭遇伤害，不相信口口声声说爱言情的那个人只是把自己当作一段消遣，海誓山盟竟然成了一个人夸夸其谈的一段游戏。再后来的后来，久未想起，终于情愫淡去，将自己照顾得精致又漂亮。再次和他聊起过去，他还劝导她为自己多谋备胎。她曾在酒后笑她曾经爱过的人荒唐至极，也曾对于那段过往里的自己不屑一顾。那时我问过她，你还爱他吗？她冷漠地说，我早都忘记了，而且再也不会回头看了。

可是如今她这样发来大段的话感叹，又想起她曾经梦到的匪夷所思的告别，也不过是因为我写了故事，那故事里有她曾经的片段。她说，原来没有什么遗忘，只是不想再想起。

对啊，没有什么遗忘，只是不再想起。

她后来也爱过别人，爱得也奋不顾身撕心裂肺，每一段爱情里她都像个战士，像没有受过伤一样的勇敢坚定。她不像我这样畏畏缩缩胆小怯懦，她总是认定了就要去坚持，投入百分百的努力和感情，虽然傻，虽然会受伤，可是总让我敬佩。

我想，或许有一种人，他们就像这冬天的冰，节气变换，冷的时候结成厚厚的坚冰，可是春天来临，他们就会化开。再过一些时间，艾依河便会解冻，鸟儿会在湖面闪过翅膀激起涟漪，芦苇变得挺拔，周围长起郁郁葱葱的小草，树开始抽出枝杈。冰封过的岁月真实地存在过，以后还会遇到滴水成冰的岁月，可是春天总是会来，而那时，这片土地、河流就会像是没有经历过冬季那样荒芜的寒冷，到处绿草丛生，鸟语花香。

最初的我们总想忘记一段日子，我们爱过的人，走过的路，大多数都不能回头，或许爱过的是烂人，走过的是错路，你悔恨，你堕落，你迷茫，你痛恨，你曾把自己的生活过得像个乞丐一样可怜又落魄。我们拼了命想把这段不光彩的岁月在记忆的数据库里按下删除键。可是，爱过的人，走过的路，怎么可能真的忘记呢？那就是活生生的、实实在在的你的人生啊。

可是又怎样呢？时间在走，我们谁都无法驻足不前，你说时间没有带走你，让你留在了原地，怎么可能呢？时间洪荒，转眼之间便是前朝陌路，你早都跟着时间走远了。那些回不去的岁月都在，走过的错路和爱过的烂人都在你的生命里，即便错把过客当挚爱，让你心碎难堪，却也终于过去了。

所以别怕忘不掉，因为春天总会来。又有谁会因为嫌弃冬日冰封的河面和刺骨的寒冷，而降低对夏季生机勃勃的艾依河的赞美呢？你要相信，春天总会到来，因为我们都是时间列车里的乘客，时间让你走，你想停都停不住。

你曾经因为爱过烂人走过错路而低迷堕落哀怨感伤的日子，总会在时间里又迎来一片阳光。而在你成长的路上，总会不断学会如何去把过去安放在岁月里，安放在人生的过去，因为时间会让你发芽，让你新生，过去不是用来遗忘和缅怀的，是让你填补和绘画人生的路途，是让你用来勾勒未来的水彩和笔砚，是让你更加懂得绽放和绚烂，你总会迎来日出，总会迎来新生。不必缅怀，也不必伤感，那只是一段时光里的一个角色，谁又能把谁永远铭记？所谓的那些记忆，总会在漫漫人生长路里找到安放的位置，不必随身携带，却也不必赶尽杀绝，别怕忘不掉，遗忘多懦弱，跨过去就是英雄。

既然未来总会来，你又何必和过去过不去。

冰冻的河面总会解封，你的人生还有下个情深。

那些年用力过猛的爱情

银川的冬天来的总是很早，寒气猛烈又逼人，严寒的天气让母亲无法和她的小伙伴们去广场上跳舞，就拉着我在客厅踢毽子。我小的时候身体不好，总是莫名其妙地晕倒没有知觉，母亲每天下午就陪我打羽毛球，我们配合得很好，有时候都能连着打七八十个来回。这踢毽子默契也还在，客厅不大，偶尔会被挡着，但还是能有几个来回，第一次和母亲踢毽子，也还算不错。

母亲玩得很开心。她说，看来咱们还是心灵相通，知道怎么才能接得住。你看世界上的东西多奇妙，一来一回，势均力敌才能长久，打羽毛球也是，你用力过猛球就飞得太远太高；踢毽子也是，送不过来也是白搭，踢到对方怀里，那角度不对反应不过来没办法接，这游戏就断掉了，所以做事情，拿捏很重要。

母亲的话让我想到前几天在单身狗后台收到的一段话。姑娘说和交往近两年的男朋友分手了，她总觉得对方无法理解她，觉得她做的那些事和为了爱情所做的努力对方无法看到，而男朋友对她很好，但是那些好却不是她想要的，冷战和口角充满了剩下的日子，可明明当初两个人一见钟情那么要好，想要回到当初却不知从何做起，分手后却总是怀念。

我突然想起了一句话，有人说爱情就像比赛，最初的两个人比谁更爱谁，最后的两人比谁更绝情。

或许很多人在年少时都这样，在那些不懂得爱和如何去爱的年纪里，凭着一腔热血，把最好的和自己仅有的一切给对方，生怕对方不知道自己的感情，不知道自己用情至深，怕自己的付出被对方掂轻了重量，想方设法地让情话入心，承诺终身，费尽了心思想让浪漫成为生活，让自己成为不可取代，信誓旦旦要与之携手白头终老，也曾因为全心付出而多疑敏感，最终，这洪荒般强烈的爱情渐渐失去时，伤疤就成了难以抹平的印记。

拿捏很重要，对。

是谁说的爱情不需要心机不需要经营？其实最需要经营的就是爱情。大概这么说会显得有些悲观吧，经历过失败的爱情之后才会觉得爱情其实是这世上最不靠谱的感情，亲情无法割舍，友情有岁月铺垫情谊帮衬，可是爱情呢？只是由着心里的悸动和情愫，然而人心最善变，自己都不知道哪天突然就对珍爱如命的事物失去了兴趣，悸动和情愫会随着时间淡化，容颜会随着岁月老去，到那个时候，爱情的天平靠什么维持呢？如果无法在彼此相通的环境里，大抵只能剩下坍塌，留一地美丽却无法再拼起来的碎片吧。

有多少人曾经勇往直前毫无畏惧地向爱情努力奔跑过，那些被爱情照耀的日子甜蜜又温暖，被情感左右的头脑和心智冲动又疯狂，可是当激情退去，归于平静，回到柴米油盐之中，还要如何把岁月过得长久？

平衡大概和永恒脱不了关系，上坡会到顶，下坡有底线，保持平衡就能长久，爱情里需要两方都能接受的往来平衡，才可以让爱情的天平不倒塌。可是这简单一来一往，在年少轻狂的日子里我们错过了多少？

把那些猛烈又疯狂的爱恋一股脑地塞给对方的时候，是不是已经开始错了？就比如把自己喜欢的食物喂给对方，把自己喜欢的书摊在对方面前，把自己喜欢的衣服套在对方的身体上，类似的种种小事其实都是错的？那些冲动又疯狂的爱情里，我们只是一股脑地给予。就如同打羽毛球时发球的一方，用力地将球发出去，想让对方看到自己的力量和认真，却没有想过这力量对方能否承受，也没想过这角度对方能不能接到。而在对方打回来的球力道和角度都不对时，你是不是只是站在原地，没有争取和想方设法回应？一方不懂得如何给予，一方不懂接受，不懂回应，在年少的日子谁都不愿低头不愿认输不愿退让，任凭爱情破碎消失，留着芳华里满怀的遗憾了却一生……

最初的最初，我们希望爱情简单又粗暴，喜欢的时候就表白，想念的时候大声说，开心的时候就尖叫拥抱，可是我们都忘记了，爱情来自于心，心需要呵护和理解。

小S世纪大合解时含泪对黄子佼说，真的对不起，因为年轻，对感情太过冲动，我无意伤害任何人。其实太多的时候，我们总是习惯站在自己的角度想问题，委屈和不甘越想就累积越多，可是或许有一天，岁月埋没了芳华，时间磨平了棱角，一转身回头看看走过的路，可能谁都没有错，大抵那段感情我们都有过认真有过努力，只是那时太年轻，不懂得循序渐进，不懂得收放自如。

可是你不必遗憾，因为你年轻，所以曾经无所顾忌毫无保留地付出过；你也不必自责，因为你年轻，你也曾经用虽然笨拙却很真诚的姿态用力爱过。

命运这种东西很奇怪，你总要走过几段错路才能分辨出哪条是正轨，你总要经历几次坎坷才能看见所谓的雨后彩虹，你总要经历过年少莽撞才懂得拿捏得当不强加于人。年轻和老去都无法避免，爱恨情仇都要走一遭，就随着岁月安然一些。

岁月别催，该来的不推。以前不回头，以后别将就。那些年少鲁莽的爱情就当是用力过猛的经历，人生还长，要走的路还多，毕竟日子还得过，别再纠结对错得失，冲向未来奔跑起来。

有情的人，情人节每天都过

歌里唱的，落单的人最怕过节，尤其是情人节。你看这世间的仪式感多么奇妙，普通的一天加上情人节这三个字，这个日子就有了特殊的意义，连商家都会自动忽略落单的人，人孤单的时候真可怕。

回头想想，好像这么轰轰烈烈地爱了一场，把所有的力气都耗光了，竟然从来没有过过情人节。其实我真的很梦想烂俗的剧情，不觉得玫瑰花庸俗，也不觉得肉麻的情话尴尬。大多数女孩子最期待和最羡慕的，大抵就是俗套的浪漫，可是我都过了自称女孩子的年龄了，这种浪漫也从来没有享受过，再想想那场所谓的刻骨铭心的恋爱，好像也没什么值得怀念的。

大概只是因为那时候的我是个有情人，所以看在眼里的都是好的，而如今情心耗光，还没有重新积攒起来，所以对于很多事情没有了该有的激情和期盼，连回忆都开始模糊，也不知道那些感觉从何而来，感情从何处迸发，美好从哪里生长。记忆变得混混沌沌，想不起为什么爱，只是觉得爱得辛苦却还乐在其中。想起那时，觉得爱情来得莫名其妙，他喜欢游戏和世俗，而我喜欢书本和写字，我跟他说梭罗说尼采说史铁生说麦卡洛他不懂，他跟我说五杀说排位我觉得无聊，我对他念我在书里看到的好的句子，他能说的是一句“好吧”，他给我截图看他在游戏里取得的成就，我只能说一句“你真厉害”。我记得谁说过，我们之间本无缘分，后来的一切全靠我死撑。其实现在想来，也没有死撑，只是那时我有情且多情，第一眼认准了他，便做了一生一世想要给他看，即便命途多舛，可还是不愿放手。那时是什么年华？是有了爱情就不怕饿肚子的岁月啊，那时的我也是爱情大过天的小姑娘啊。有着爱情做眼障，他的一切都是好的，即便我们之间无甚话题，即便我们之间差距颇大，即便后来的我们矛盾重重，即便后来的我们分道扬镳，只是因为那时情愫萌发，所有的一切皆由情起，就能让人失去理智发了魔怔。女孩子都这样吧，最初遇到爱情的日子里，眼睛里的世界都会变得美好和温柔，所有的事情都值得呵护。

现在想来，那段爱情里，我们好像从未彼此深入过彼此的生命，只是两个孩童间的嬉戏，仅有的美好就只是在酒杯里，在打闹里，在深夜送酒醉的他回家的坚持里，在我们各自幻想中的构图里，而对于一生一世，总归还是欠了些。情人节，情人结，情人劫，那段感情三年时光，却没有在一起过过一个情人节。也是，有情才有节，情深才能结结，结后才能携手渡劫，终归一腔深情错负了，那人情不够深，连节都生不了，又怎会挽成结？怎能渡过劫？只是那时的爱情来得突兀，需要的也只是一个眼神一个笑，莫名其妙就能爱上。现在时过境迁看来，哪里是有多爱，明明那时的自己就有情，对世界有情，对他有情，所以才觉得那段时光那么美好，才觉得那段岁月无可替代，才觉得即使是互相伤害都要一路携手，才觉得分开后对未来恐惧。

现在置身事外，才突然明白，我们所说的怀念一段岁月，怀念一番过往，怀念一个人，怀念一件事，大多数都是因为那段岁月里藏了一个再也回不去的自己。如今我无法再对人动情对事动心，他们都说我像个老年人一样不悲不喜，我想大概我只是无情而已，我曾有情，只是在懵懂的年月里不小心耗光了。我想念过去的自己，那种能为一个人奋不顾身背弃全世界也要嫁给他，不顾尊严、不顾阻拦、不管荆棘坎坷想和他在一起的冲动和勇气，我再也没有了，只剩下了胆怯和沉寂。后来我遇到很多男人，看着他们对我束手无策，看着他们做痴情的样子表白谈情，我无法表露悸动与欢欣，只能压抑自己内心的恐惧和厌烦，他们说我生性冷漠凉薄，可是谁又知道曾经我炙热如火。

我和那个人已经分开两个多月了，我还是会想他，有时候思念像银川的大风来得猛烈又突然，其实很多时候，我都不知道，我怀念的到底是他，还是那个时候为了爱情奋不顾身的自己。

狗日的生活，老子要卷土重来了

哪来什么以前以后，多的只是后知后觉。

银川下雪了，听说西安的天气也不怎么样。下午出门走在街上，一会儿就被雪水打湿了衣裳和头发，后悔为什么没有拿把伞，突然发现，原来下雪也是要打伞的。

我记忆中的宁夏，下雪是从来不打伞的，我长大的那个西北不出名的小县城里一到冬季，多的都是被大雪封山封路，雪下起来没完没了，有时心情沉闷，看着街道和远处的山峦白成一片望不到尽头，觉得整个世界都穿着丧衣。那个时候下雪，出门从来不会湿衣裳，雪落在身上不会化，出门滚在雪里也无碍，进家门前轻轻一拍身上就干干净净。大抵那个时候都不晓得有全球变暖这回事，我们的县城夏季凉爽也干燥，冬季寒风大雪，可如今，这雪都落不住了，才想起来，我的宁夏有了工厂和车水马龙的街道，汽车的轰鸣早就盖住了耳边的轻声细语。

我记得初到西安时的第一个冬天下了场大雪，见惯了鹅毛大雪的纷飞壮丽，却被第一次见雪时激动万分的南方同学逗笑，可是如今好多年都没见到儿时那样磅礴的雪势了，很久没有听过脚踩在雪地时发出的吱吱声，也有些想念。

我想起好些姑娘讲她们的故事，多的都是被一场突如其来的分离闹昏了头。她们说，怎么会这样呢，一夜之间都变了，本来都好好的。你看，变化大多时候都来得猝不及防，你手忙脚乱还要忍住眼泪继续生活、上班，生活不容易，辛苦你了。可是，那些事情真的是一夜之间面目全非的吗？

网上有个段子，相信很多人都看过：5年前，叙利亚还是一个富有国家；卡扎菲还统治着自己的王国；全世界都在猜测金正日的接班人是谁；诺基亚单季度市场占有率超过四成，刷新历史纪录；苹果4s还没发行，乔布斯还健在；腾讯还没微信……看到这，是不是感觉很震惊。5年像换了一个世界？

所以你看，这些是一夜之间变的吗？才不是，这些是你一步步地看着，经历着，只是你不曾发觉，非要有人提醒才能看清而已。那个离开你的人才不是一夜之间改变的，分别总是蓄谋已久，只是你的一腔热血碰上了凉薄无情，你被热情冲昏了头脑，他冷静揣摩仔细谋划，当日出天边时一针扎得你疼了，来日方长碎了个遍地，你才审时度势清心明目却还不愿觉醒。

我记得前段时间有个姑娘告诉我，分手后回想起一幕幕，才知道心爱的人早就不爱自己，对方筹谋分手远比她想象中要早很多。在她以为恩爱长久之时，那人就告诉她，我要努力向前奔跑，你要跟不上，我也不会等你。只是这言辞被姑娘无心地弃于脑后，时日久了才知早该放手了，回想一路，这改变哪里是一夕之间，只怕是蓄谋已久左思右想过了，一言一语尽是离别，错的是自己粗心大意，还在自己倾心时就被人下了死令却还不曾察觉。

如同你突然发觉父母一夜白头。哪里是一夜白头？他们后背早就一天天佝偻，咳嗽越来越多，力气越来越小，非得大病一场你才惶恐子欲养而亲不待；如同那个人一夕凉薄。哪里是一夕凉薄，他早就不给你秒回信息，早对你视而不见，以前你眉头皱一皱他心疼万分，现在你哭得撕心裂肺卑微如蝼蚁他连看都不看，非得听他将绝情的话说得刺耳你才肯不甘地放手。

人人都说难得糊涂，聪明的糊涂之人总被世人叹为大智若愚，他们也只不过是看清了世界随之而变而已，不变应万变，万变不离其宗。

其实这变化你都知道，你一步步都在经历，只是人心变化诡异莫测，你功力不深未曾察觉罢了。成长总来自于大喜大悲，其实你一步步都在长大。

世间之物瞬息万变，非得受了苦你才能大梦初醒。这大梦初醒，也不过是一盏灯、一根针，照亮你、扎疼你，让你看清楚罢了。

变了又怎么样，不变又怎么样，且学着置身事外，看世界缘起缘落风来雨去，感受一场情深，再淋一场暴雨，你还是你，说不上全身而退，起码可以再赏风云。

变化是常态，不抗拒，不抵触，与世界周旋也不枉一场游戏一场梦，人生本就如戏，就当自己走错了戏台，换下一个，说不定也能辉煌灿烂。看到一些，再别说此情不渝，学着好好吃饭，好好睡觉，好好玩乐和生活，那些过去的糟糕的旧人旧事，见鬼落幕吧。

雪都化了，新生活要开个好头。

狗日的生活，老子卷土重来了。

你不用急着变更好，也不用逼自己健身和慢跑（代后记）

她们失恋了，她们哭着说，我该怎么办？

她们每天在网络的记事本上伤春悲秋，看同样失恋的帖子，懂了多少世间沉浸在感情中的道理，喝了多少畅销的鸡汤，她们急着想要变得更好，想要把已经输掉的棋局扳回来，她们想要挽回自己丢失了的面子和自尊，像只无头苍蝇，想把所有能让人重振心理的事情做一遍，想急着看到自己有一天摇身一变让他人睁大眼睛的样子，幻想着有一天那个负了自己一腔真情的人后悔莫及痛哭流涕地来挽回。

可是究竟有多少人成功了呢？

不知道是温饱思淫欲，还是青春疼痛文学里将爱情描述得太过重要，一时间我们周围好像除了爱情，就再也没有什么过往可讲。没有恋爱的人急着想要寻找一份轰轰烈烈惊天动地的像小说里的爱情，爱过的人也会想如何让自己的爱情在描述中显得独一无二，可是后来经历过了，清醒了，突然发现，其实这一切远远没有自己想的那么重要，给予我们的打击在余生剩下的几十年里，比起生老病死柴米油盐中的各种无奈与撕心裂肺来说，也不算什么，也不过是有一个人不愿与自己在余生同行而已。

可还是有人在感情里死去活来不能自已。也是，毕竟我们有血有肉，谁又能在荷尔蒙旺盛的年纪里冷静又狡猾得如同狐狸，大多数人只是在这世上跌跌撞撞的、摸索着前行的初学者，关于受伤和难过的心事总会困住你一段时间。我们都急于去模仿他人，在没有爱情的时候，我们急于模仿他人侃段子聊寂寞；在爱上他人之后我们急于去模仿他人做浪漫的事说浪漫的话，去浪漫地旅行，却没来得及看热恋中的彼此是否真的都愿意和合适这样的浪漫；在分别之后，我们急于去模仿他人，变着法儿地爱自己，看那些爱情哲理的句子，写伤春悲秋的话语，像网上说的那样，去健身，去旅行。我们麻木地忙忙碌碌，也正经八百地碌碌无为。你觉得你好像痊愈了，从失恋的阴影中走出来了，不敢去仔细地想人生，也不敢回想过去，因为这个假象太过脆弱，一不小心就被回忆戳破了，稍不留神就能被打回原形，为什么呢?

我想我们都太急于模仿了，因为被感性蒙蔽着眼睛和心，只会跟着他人走，模仿别人的生活方式也模仿他人的分手方式，像他人一样的爱自己，却很少停下来想想自己需要的是什么，自己适合的是什么。

当健身、学习一夜之间和失恋划上等号的时候，我都有一种错觉，是不是所有的书店和健身房都在暗地里联合起来，找写手写了关于这方面的软文来推广。我几乎在每个失恋人的朋友圈里都能看到他们健身慢跑，他们看书截图，而他们本不是这样的人。我有时候会想，我们真的有必要这样急着在形式上把自己变得更好吗？我们真的需要大强度地健身大批量地看书吗？

我并不是说健身、旅行、看书不好，只是觉得从对症下药这个角度来说，所有失恋的人把希望转移到这样的或者是类似的鸡汤里的事件中，未免太过狭隘了。这种模仿不一定是对所有的人都有用的，或许我们在急着模仿别人口中的“爱自己”“遇见更好的自己”这样的话语时，我们应该先知道，做出这种动作首先是为了什么，他们为什么会这样做，而你又是为了什么去无意识地模仿。

我们所谓的失恋，大概就是和一个人的告别，打碎一个幻想中的未来，更重要的是丢失了一种依赖和习惯。所谓的记忆是不需要来忘记的，如果真的痊愈，记忆里的不管是美好还是阴霾都伤不了你多少。可能让你撕心裂肺的是你无法重新开始生活，丢不掉习惯和依赖，不知道本来是两个人的未来一个人怎么走。感情这种看不见摸不着的东西，其实说有就有说没有就没有，称不出重量也测不出体积，说到最后也只是习惯和依赖。所以根本没有必要急着去忘记，或许转移自己的注意力和创造属于自己的生活方式，才是最重要的。

不得不说，刚失恋的人是痛苦的，通俗点来说，大多数的人都钻了牛角尖，无法在这件事上抬起头来看看身边的美好，他的心思被失恋这件事控制了，没有办法去关心别的事情，那最主要的就是怎样有效地转移注意力！最简单的，就是去想在这场已经失去的恋爱开始之前，你是怎样去经营自己的生活的，是如何打发自己的业余时间的，去想一想自己有什么爱好，对什么事情感兴趣。因为只有自己有兴趣的事情，你才能对它保持热情，才能让这热情长久地坚持，才能不去抵抗这件事，才能不让转移注意力这件事痛苦至极。如果你喜欢化妆就去钻研化妆，如果你喜欢画画你就去画，如果你喜欢唱歌就去尽情地唱，如果你喜欢写字就不停地去写，如果你喜欢看小说，不管是霸道总裁还是玛丽苏就去看，如果喜欢看韩剧，别管它情节怎么样你就去看，等到注意力不再百分百的贯穿于你的人生中时，你再去试图操控自己的人生，让自己变得更好也不迟。

健身、旅行和读书肯定是会让你变得美好的事情，可是在失恋的当口，在你完全没有理智的时候，你想要恢复到正常的生活时，这些对很多人来说是没有用的。不擅长运动的人上了跑步机就会变成痛苦，没有方向感的人在陌生的旅途中会更加挫败，对书本没有兴趣的人在书里找不到一番天地，尤其是在自己不理智的时候，看书对很多人来说是做无用功。很多人寄希望于健身、旅行和读书，幻想着减掉身上的赘肉，看几本好书就可以改变自己的人生，让自己焕然一新去面对新的生活，这种希望往往落空，在你还陷在痛苦和悲伤里，当你的感性左右自己的人生无法做出判断的时候，这种强行实施的改变大多换来的是半途而废和让你更加痛苦的约束感。失恋后的你，急需的是回复正常心智的生活和仔细思考重新谋划自己人生的能力！

你去看失恋之后活得更好的人，可能她们健身，可能她们旅行，可能她们看书，但是你要知道，她们能遇见更好的自己，绝对不仅仅是因为她们旅行、健身、看书，是她们在冷静下来学会思考之后为自己创建了一种全新的、更加健康健全的生活方式，她们使自己的内心世界强大之后能更加冷静也有足够的能力去独立思考，这种思考需要你的理智和挣扎，不是你盲目地去健身、旅行、看书就能得来的。健身、旅行、看书永远都是你美好生活的辅助设备，而绝不是用来改变自己人生的砝码和全部希望的寄托，它们可以使你更加积极向上，让你美丽且有内涵，但是很抱歉，它们并不是你生活中包治百病的神药！只有运用得当，它们才会在你的人生中助你一臂之力，否则也只是花钱办了一张你去过两次就夭折的健身卡，在陌生的城市狼狈不堪地找警察叔叔送钱不多的自己回家，买了一堆你混混沌沌的一生里不可能去翻也不可能看得懂的书，而你依旧模仿别人的生活，念着“爱自己”，可是可悲的是你连自己都不认识。

急于去模仿别人的生活，不如慢下来，好好想想自己需要的是什么，自己适合什么，自己喜欢什么，如果你迷茫了，不要紧，走出去看看这个世界，慢下来，仔细听，心中总会有个声音会告诉你。

每个人有每个人的生活方式，不断模仿别人人云亦云，永远都不会将自己生命中的阴暗面看清楚，你也将永远不知道怎样治愈生命中的恶性肿瘤，不知道怎样去躲避余生路途中可能会遭遇的与之前相似的暴风雨，直面自己的人生，才有可能以正确又理智的方式将它经营得漂亮。

加油哦，姑娘们，还有小伙子，失恋后的孤独，更像是一场自我救赎，用心迈过这个槛，或许你就会发现自己长大了！

故事还长，你别急着绝望，别急着变更好，也不用逼自己健身和慢跑，谁知道未来你会变得多么让人骄傲！